데일리 히어로

FUSION FANTASTIC STORY

인기영 장편 소설

DAILY HERO

데일리 히어로 3

인기영 장편 소설

초판 1쇄 찍은 날 § 2014년 12월 17일
초판 1쇄 펴낸 날 § 2014년 12월 24일

지은이 § 인기영
펴낸이 § 서경석

편집부장 § 권태완
편집책임 § 이창진

펴낸곳 § 도서출판 청어람
등록번호 § 제387-1999-000006호
등록일자 § 1999. 5. 31
어람번호 § 제1-2006호

주소 § 경기도 부천시 원미구 부일로 483번길 40 서경B/D 3F (우) 420-822
전화 § 032-656-4452 팩스 § 032-656-4453
http://www.chungeoram.com
E-mail § chungeorambook@daum.net

ISBN 979-11-04-90028-0 04810
ISBN 979-11-316-9293-6 (세트)

데일리 히어로

FUSION FANTASTIC STORY

인기영 장편 소설

DAILY HERO

3

도서출판 청어람

데일리 히어로

DAILY HERO

CONTENTS

Chapter 1
무천도사의 고백

내 손에 쥐어진 블랙 카드의 내용을 난 다시 한 번 천천히 읽어 보았다.

To. 유지웅 님.

안녕하세요, 유지웅 님.

전 다운 타운(Down Town)의 커플러(coupler : 연결자) 설열음이라 해요.

당신을 다운 타운의 명예로운 나이트(Knight)로 초대하는 바이니, 심사숙고하여 연락 주시기 바라요.

*다운 타운이란?

지구의 지하에 만들어진 또 다른 세상. 일반적인 방법으로는 진입이 불가능하며, 크레용(Crayon) 사(社)에서 만든 포털(Portal)을 통해서만 진입 가능하다.

*나이트란?

다운 타운에서 데스 파이트(Death Fight)를 펼치는 기사다.

*더 궁금한 게 있다면?

010—4X27—372X

"…하."

한숨밖에 안 나온다.

대체 이게 다 뭘까?

'장난 친 건가?'

하지만 이렇게 심혈을 기울여 장난 칠 사람이 누가 있을까? 게다가 카드엔 내 이름도 적혀 있다.

날 아는 사람 중엔 이런 식의 장난을 즐기는 이가 한 명도 없다.

'전화를 걸어봐?'

전화를 걸면 그다음엔 어쩌라는 건지도 사실 모르겠다.

내가 고민을 하고 있는데, 누군가 내 어깨를 톡 건드렸다.

고개를 들어 보니 천사가… 아니, 아랑이가 앞에 서 있었다.

"지웅아~ 안녕?"

"어… 아랑아, 안녕."

"무슨 생각을 그렇게 하길래 불러도 못 들어?"

"나 불렀었어?"

"그래~! 길 건너편에서 신호 바뀌었길래 빨리 오라고 불렀는데, 완전 쌩~ 이더라?"

"아, 미안."

"근데 그거 뭐야?"

아랑이가 내 손에 들린 카드를 살폈다.

"다운 타운의 커플러… 설열음… 다운 타운?!"

카드에 적힌 내용을 읽던 아랑이의 눈이 휘둥그레졌다.

"왜 그래, 아랑아?"

"나… 여기 뭐하는 곳인지 알아."

"안다고? 네가 어떻게?"

아랑이는 조금 망설이다가 겨우 말을 이었다.

"우리 할아버지께서… 다녀왔던 곳이야."

"…어?"

무천도사가 다녀왔던 곳이라고?

"지금은 가지 않는 것 같지만 젊은 시절 자주 오가셨다고 했었어. 우리 할아버지 만났을 때 기억나?"

"응, 기억나."

"그때 이랑이가 할아버지한테 했던 말도 기억나?"

이랑이가 무천도사한테 했던 말?

뭐더라?

난 기억을 더듬어 보았다.

그렇게 오래됐던 일은 아닌지라 당시 이랑이가 뭔가 허둥거리며 말하던 모습이 떠올랐다. 이어 녀석이 했던 말도 생생하게 리플레이 되었다.

'저기, 할아버지! 혹시 지웅이 형한테 그 일… 시키려는 건 아니지?'

그래, 나도 당시 이랑이가 말하는 '그 일'이라는 게 뭔지 궁금했다.

그런데 이랑이는 자세히 설명해주지 않고 얼렁뚱땅 넘어갔었다.

"아랑아. 이랑이가 말했던 그 일이라는 게 혹시 이거야?"

"맞아. 할아버지가 널 보는 눈빛이 예사롭지 않았거든. 할아버지는 뼛속까지 무인이셔. 그래서 이랑이도 강하게 키우려 하고 있고. 이랑이가 극천무를 일인전승 받고 있어서 보통 사람들보다는 강하지만 아직 할아버지 눈에 찰 정도는 아니거든."

그런데 나는 눈에 찼다는 거지, 지금?

"그래서 날 마음에 들어 한 거랑, 다운 타운이랑 무슨 상관이 있는 거야?"

"사실… 이랑이는 다운 타운에 너무 가고 싶어 해. 그런데 거기는 정말 위험한 곳이거든. 그래서 할아버지는 늘 불안한 거야. 이랑이가 멋대로 다운 타운에 가서 잘못될까봐. 물론 일반적인 방법으로는 절대 갈 수 없는 곳이라고는 했지만… 아무튼 할아버지는 그런 이랑이를 지켜줄 수 있는 사람이 있었으면 하고 생각하셨었어."

점점 이야기의 판이 커져 가는 느낌이다.

애초에 몰라야 할 이야기였을 수도 있다. 아니, 그게 맞는 것 같다. 하지만 이미 난 그 이야기 속에 발을 들여 놓았다. 이제는 빼지도 못한다.

"다운 타운에서 무슨 일이 벌어지길래 그래?"

"…데스 파이트."

"데스 파이트가 뭔데?"

"할아버지는 데스 파이트에 대해 이렇게 말씀하셨었어. 그것은… 인생을 걸고 벌이는 싸움이라고."

"그러니까 이랑이가 지금 다운 타운에 가서 그 데스 파이트라는 걸 하고 싶어 한다는 거야?"

"응."

이랑이 이 녀석은 무슨 생각인 거야?

아직 어려서 그런가?

그래봤자 나랑 두 살 차이긴 하지만 그래도 너무 무모하다.

아직 난 다운 타운이니 데스 파이트니 하는 것들이 얼마나 위험한 건지 감이 잘 오지 않는다.

하지만 인생을 걸고 싸워야 하는 시합 같은 건 설명만 들어도 아찔한 무언가가 턱 하고 날 짓누르는 기분이다.

"다행히도 아직까지는 별일이 없었어. 이랑이는 거기에 어떻게 가야하는지를 모르고, 할아버지도 가는 방법에 대해 알려주지 않았으니까."

그런데 나한테는 다운 타운의 커플러가 접촉해 블랙 카드를 건네고 갔다.

어떻게 된 영문일까?

아랑이도 그게 궁금한지 내 손에 들린 블랙 카드를 보며 한동안 말이 없었다.

난 일단 화제를 돌렸다.

"근데 무천도사님은 데스 파이트라는 걸 해서 늘 이겼던 거야?"

아랑이가 고개를 저었다.

"아니, 딱 다섯 번 이기고 여섯 번째 시합에서 패하셨대."

"그래서?"

"그다음 얘기는 안 하셨어. 대신 표정이 너무나 어두워지셨어. 난 할아버지의 그런 얼굴 처음 보는 거라서 더 묻지 못하겠더라구."

정리해 보면, 데스 파이트는 인생을 걸고 싸우는 시합이지만, 진다고 해서 무조건 죽는 건 아닌 모양이다.

"어쨌든 할아버지가 다운 타운에 가서 데스 파이트를 진행했던 게 극천무를 오성(五成)까지 연마하셨을 때였어. 그런데 이랑이는 이제 겨우 삼성(三成)이란 말이야."

무협 소설을 보면 가끔 저런 표현이 나온다.

어떠한 무술을 익힐 때 그 성취도에 따라 일성, 이성, 삼성 하는 식으로 나눈다.

"그런데 아직 햇병아리 같은 애가 데스 파이트에 호기심을 보이니, 할아버지는 물론이고 나랑 가족들도 다 걱정이 되는 거야."

"그거 정말 걱정되는 일이겠다."

아랑이의 미간이 갑자기 일그러졌다.

그녀는 날 보더니 다급히 말했다.

"지웅아, 오늘은 그냥 돌아가."

"왜?"

"아무래도 할아버지께서 너한테 이랑이의 보디가드를 부탁하려는 것 같아. 물론 당장 뭘 어떻게 해달라는 건 아니겠지만, 이랑이가 다운 타운에 가게 되면 같이 따라가서 지켜달라… 그런 어려운 부탁을 하지 않을까 싶어."

"상관없어. 그냥 이야기만 듣고 그렇게 안 하면 되잖아? 차라리 내가 이랑이를 잘 타이르는 게 낫지 않을까? 다운 타운은 아직 이르다고.”

“그렇긴 하지만…….”

갈등하는 아랑이에게 난 미소를 지어보였다.

“괜찮다니까. 내가 안 가면 그만인 거잖아. 이랑이의 마음도 같이 돌려놓자.”

“…응.”

“그리고 나도 무천도사님한테 여쭤볼 게 좀 많이 생겼어. 다운 타운의 사람이 어떻게 나를 알고 이런 카드를 보낸 건지, 지하 세계라는 곳은 어떤 곳인지, 사람들이 왜 인생까지 걸어가며 데스 파이트에 참가하는지.”

그리 말하는 날 아랑이는 묘한 표정으로 바라보았다.

무슨 생각을 하고 있는 걸까?

궁금해 죽겠네. 링크를 많이 모으면 독심술 능력을 가진 영혼이 나타나 주지 않으려나?

“정말… 궁금한 것만 묻고 말아야 돼?”

“알았어.”

아랑이는 그래도 영 내키지 않는다는 얼굴로 마지못해 고개를 끄덕였다.

“그럼 택시 타고 가자.”

“응? 버스 타고 가도 돼.”

“버스로 가기에는 좀 애매하고 멀어. 이 동네 버스편 엉망인 거 알잖아.”

"그래, 그럼."

나는 아랑이과 택시를 기다렸다.

분위기가 무거워지니 우리 둘 사이엔 어색함이 내려앉았다.

빨리 택시라도 잡혔으면 좋으련만, 오늘따라 왜 이렇게 안 보이는 건지.

휘이이이잉―

"우와~ 오늘 바람 엄청 세다, 그치?"

"……."

씨, 씹혔다?!

아랑이는 입을 꾹 다문 채, 날 쳐다보지도 않았다.

모, 못 들었겠지? 그래, 못들은 걸 거야.

[일이 재미있게 돌아가는군.]

갑자기 카시아스가 복장 터지는 텔레파시를 보내왔다.

[지금 이게 재미있냐?]

[너 말고, 다운 타운이라는 세상 말이다.]

[아, 그거…….]

[지구는 눈에 보이는 것이 전부라고 생각했는데, 그게 아닌 모양이야.]

[나도 놀랐다. 사실 지금도 현실감은 없어.]

[어떤 인간들이 그곳을 드나드는지 궁금하군. 기회가 된다면 꼭 가봐라.]

[…거기 가면 싸워야 한다잖아.]

[넌 어지간해선 죽지 않을 테니 걱정 마.]

[나 참.]

"아, 택시!"

카시아스와 대화를 나누는 사이 아랑이가 택시를 잡았다.

'오오~ 아랑이와 같이 택시를? 나란히 뒷자리에 붙어 앉아서 가는 건가?

탁.

…아랑이는 앞좌석에 앉았다.

[푸하하하하하! 잘 논다! 아랑이한테 네 존재감은 고작 그 정도인 거다. 옆에 붙어 앉을 이유가 없는 같은 반 급우!]

카시아스가 날 비웃었고, 난 조용히 뒷좌석에 올랐다.

그러자 기사님이 카시아스를 돌아보고서 질색했다.

"고양이도 같이 태우려구요?"

"아… 네, 안 되나요?"

"아니 뭐… 얌전히만 가면 되긴 하는데… 그런데 그놈 참 못생겼네. 아이코, 죄송. 제가 말실수를 했네요."

"푸하하하하! 아니요! 괜찮습니다~ 정말 더럽게 못생겼죠? 푸하하하하!"

그때 아랑이가 놀라서 날 돌아봤다.

"어머! 고양이도 같이 있었어? 나 지금 알았어."

"푸하하하하하하하!"

뭐? 존재감이 어쩌고 저째?

[이게 네 존재감이다, 카시아스!]

[…시끄럽다.]

*　　*　　*

"여기가 우리 집이야."

아랑이가 어마어마한 정원을 가진 대저택의 대문을 가리키며 말했다.

아랑이네 집은 신숭겸 장군묘가 있는 방동리의 한적한 시골 마을에 위치해 있었다.

덕분에 택시비가 제법 나왔다.

하지만 아랑이는 전혀 개의치 않고 그 돈을 모두 지불했다.

사실 멋지게 내가 내고 싶었지만, 아랑이는 그럴 틈을 주지 않고 현금카드를 내밀었다.

아직 성인이 아닌데도 카드를 지니고 다니는 데다가 집은 엄청나게 크다.

아랑이네 경제 수준이 대충 짐작이 갔다.

'하긴 아랑이가 먹는 걸 감당하려면 어느 정도 벌어서는 안 될 거야.'

삐이—!

아랑이가 벨을 눌렀다.

그러자 중년 남자의 목소리가 들려왔다.
"누구세요?"
"아빠~ 저예요~"
"아랑이니?"
"네."
"우리 집엔 무슨 일이니?"
응? 이건 뭔 소리야? 우리 집? 아랑이가 부모님이랑 따로 살기라도 하는 건가?
"아빠~ 장난하지 말고 문 열어주세요."
뭐야, 장난 친 거였어?
부모님이 자식들을 참 정겹게 대하시는구나.
"문이 열리길 원한다면 네가 가장 부끄러워하는 비밀 하나를 말하렴!"
"아빠!"
"싫으면 담을 넘든가~? 아하하하하하하!"
"아빠, 그만하세요!"
…그다지 정겨운 건 아닌가?
아, 그러고 보니 이랑이가 이런 말을 했었다.

'어지간하면 우리 집에 놀러오지 않는 게 좋을 거예요. 사람들이 다 별종이라…….'

지금 난 집 안에 들어가지도 않았는데, 이랑이의 말을 몸소 체험하고 있었다.

"그럼 아빠는 바빠서 이만~"

부녀간의 이상한 실랑이가 마무리되려는 찰나였다.

아랑이가 다급하게 말했다.

"저, 아빠 비자금 어디에 숨겨뒀는지 다 알아요!"

"……."

"엄마한테 말할까요?"

덜컹!

바로 문이 열렸다.

"하여튼……."

아랑이가 툴툴대며 정원으로 들어섰고, 나도 그 뒤를 따랐다.

그러자 정원 안에 지어진 커다란 2층 저택의 현관문이 열렸다.

이어, 아랑이의 아버지일 것으로 추정되는 털보 아저씨가 맨발로 달려 나왔다.

"내 따아아아알~!"

"꺅!"

아랑이 아버지는 아랑이를 품에 안고 덥수룩한 수염을 얼굴에 마구 비벼댔다.

"엄마한테 말하지 않을 거지~?"

"알았으니까, 그만 하세요!"

"아하하하하하, 응?"

아랑이 아버지가 날 바라보며 사람 좋은 미소를 머금었다.

"누구니?"

"아, 저는 유지웅이라고 합니다."

"우리 반 친구야, 아빠."

"아~ 아랑이 친구?"

"네, 처음 뵙겠습……."

"남자 친구는 용납 못해애애애애애!"

아랑이 아버지의 표정이 갑자기 바뀌었다.

흡사 악마 같은 얼굴로 날 잡아먹을 듯 노려보며 고함쳤다.

그때, 아랑이 아버지의 뒤로 누군가가 소리 없이 다가왔다.

나이가 지긋해 보임에도 곱고 구김 없는 얼굴의 아름다운 여인이었다. 아마도 아랑이 어머니인 모양이다.

"여보?"

아랑이 어머니가 나긋나긋 아랑이 아버지를 불렀다.

아랑이 아버지는 언제 그랬냐는 듯 함박 미소를 지으며 돌아봤다.

"응~ 여보~"

짝!

맙소사.

방금 아랑이 아버지 따귀 맞은 거 맞지?

"손님 앞에서 지금 뭐하는 거예요~ 손님 놀라시잖아요."

…놀란 걸로 따지자면 어머니께서 아버지 따귀를 때릴 때 훨씬 더 놀랐습니다만.

"응~ 그랬겠다. 내가 실수했네요, 아하하하."

아랑이 아버지는 따귀 맞은 게 아무렇지도 않은지 넉살 좋게 웃어 넘겼다.

짝!

그런데 아랑이 어머니는 반대쪽 따귀도 때리셨다.

한데 얼굴엔 여전히 포근한 미소가 드리워져 있었으며.

"앞으로 그러지 말아요. 손님이 우리 집안 꼴 잘 돌아간다고 흉보면 어떡해요, 그쵸?"

말투 또한 나긋나긋 감미롭기 그지없다.

'…아랑이가 집에 오지 말라고 한 이유를 알겠어.'

이거 완전 문화 충격이다.

나도 모르게 턱이 쩍 하고 벌어진다.

아랑이 어머니가 나를 바라보며 더 진한 미소를 머금었다.

"아랑이 친구라고 했죠?"

"네? 아, 네."

"우리는 아무런 간섭도 안 할 테니까 편하게 있다 가요. 너무 어른 흉내 내는 행동만 하지 말구요~"

어, 어른 흉내 내는 행동?

지금 그 말씀은 설마…….

"엄마, 아빠~ 얼른 들어가세요."
아랑이가 더 참지 못하고 두 분을 떠밀었다.
그러자 아랑이 아버지가 호탕하게 웃으며 뒤돌아서서 아랑이 어머니에게 팔짱을 끼고 저택으로 이끌었다.
두 분이 사이좋게 현관으로 들어서는 도중, 아랑이 아버지가 슬쩍 어머니의 엉덩이를 만졌고.
짜악!
따귀를 한 대 더 얻어맞았다.
"……."
아마 지금 내 표정 상당히 넋이 나가 있겠지?
"미안, 지웅아. 놀랐지?"
"아, 아니, 괜찮아."
"어? 그런데 고양이는 어디 갔어?"
"응?"
잠깐 정신을 놓고 있는 사이 카시아스가 사라졌다.
하여튼 신출귀몰한 놈이라니까.
"어디서 놀고 있겠지, 뭐. 걱정 안 해도 돼. 그보다 무천도사님은 어디 계셔?"
"아, 할아버지는 하루의 대부분을 도장에서 보내셔."
"도장?"
"응, 저기."
아랑이는 손으로 저택 옆에 조금 떨어져 지어진 커다란 목조 건물을 가리켰다.

넓은 정원에, 2층 저택에, 큰 도장에… 게다가 도장의 우측으로는 작은 연못도 있었다.

아랑이가 도장을 향해 걸었다.

나도 그 옆을 따라 걸었다.

"지금 시간이면 이랑이가 할아버지한테 수련 받고 있을 거야."

아랑이의 말과 달리 도장에서는 아무런 소리도 들리지 않았다.

내 청력은 파펠의 영혼이 가진 능력으로 인해 일반인보다 훨씬 업그레이드되어 있다.

고작 백 미터도 떨어져 있지 않은 도장에서 나는 소리 정도야 쉽게 들을 수 있다.

한데, 도장 안은 고요했다.

그러나 아랑이에게 말을 할 수가 없어서, 일단 도장 문 앞까지 같이 걸었다.

그쯤 돼서야 아랑이도 이상함을 느꼈는지, 고개를 갸웃거리며 도장의 문을 열었다.

"할아버지~ 이랑아~"

도장 안에는 아무도 없었다.

"…어디 갔지?"

*　　　*　　　*

아랑이의 부모님도 할아버지와 이랑이의 행방을 모르셨다.

결국 아랑이와 나는 텅 빈 도장에서 하염없이 두 사람을 기다렸다.

아랑이는 계속해서 이랑이에게 전화를 걸었지만 도통 연결되지가 않았다.

"얘는 왜 이렇게 전화를 안 받아?"

벌써 한 시간이 지났다.

계속해서 걱정이 쌓여가던 그때.

"이랑아!"

누군가가 이랑이의 이름을 크게 부르며 도장에 들어섰다.

그는 다름 아닌 무천도사였다.

"할아버지!"

아랑이가 벌떡 일어나 무천도사에게 달려갔다.

"어디 갔다 오셨어요? 이랑이는요?"

아랑이의 물음에 무천도사가 딱딱하게 굳어버렸다.

"너도 이랑이의 행방을 모르는구나."

"네? 할아버지, 이랑이 어디 갔는지 모르세요?"

"아니… 알 것 같구나. 그래서 문제란다."

"뭐가 문젠데요? 어디로 갔는지 알면 데리고 오면 되잖아요.”

“이랑이의 방에서 이걸 발견했단다…….”

말을 하며 무천도사가 내민 것은 블랙 카드였다.

설열음이 내게 건넨 것과 똑같은 블랙 카드.

“이, 이거…….”

“다운 타운의 커플러는 데스 파이트에 출전할 나이트를 이런 식으로 불러들인단다.”

“그럼… 이랑이가 다운 타운으로 갔단 말이에요?”

아랑이의 안색이 파래졌다.

“아무래도 그런 것 같구나. 으음…….”

무천도사가 혼미한 얼굴로 비틀거렸다.

“할아버지!”

아랑이가 놀라서 무천도사를 불렀다.

난 그런 무천도사를 얼른 부축했다.

무천도사는 그제야 날 발견한 듯 눈을 크게 떴다.

“아니, 자네는… 지웅 청년이 아닌가? 내가 지금 경황이 없어 눈앞에 사람을 놓고도 못 알아봤어.”

“오랜만에 뵙겠습니다, 무천도사님.”

“그래, 내가 아랑이를 통해서 자네를 초대했지. 늙은이의 부름에 응해줘서 고맙구만.”

“아닙니다.”

“그리고… 미안하이.”

"네?"

갑자기 뭐가 미안하다는 건지 몰라 고개를 갸웃거렸다.

무천도사는 내 얼굴을 제대로 쳐다보지도 못한 채 주름 가득한 입술만 오물거렸다.

그러자 아랑이가 놀라 소리쳤다.

"할아버지… 설마 지웅이한테 이상한 부탁 시키려는 거 아니죠!"

무천도사는 여전히 그 누구도 바라보지 않은 채 힘들게 입을 열었다.

"아니… 이미, 부탁을 한 것이나 다름없단다."

"그게 무슨 소리예요?"

"지웅 청년에게도 블랙 카드가 갔을 거야."

난 주머니에 넣어놨던 블랙 카드를 꺼내 들었다.

"네, 맞아요. 어느 여인이 저한테 이걸 주고 갔어요."

"커플러. 특정 인물에게 블랙 카드를 건네 다운 타운과 연결해 주는 이들을 그리 부르지. 한데 그들이 어떻게 지웅 청년의 존재를 알았다고 생각하는가?"

"그게 저도 의문입니다."

무천도사가 고개를 들었다.

그러나 이번에도 나와 시선을 마주치지 않고, 대신 하늘을 올려다봤다.

"후우."

깊은 한숨을 내쉰 뒤, 그는 비로소 내게 하려던 말을 꺼냈다.

"다운 타운에서 벌어지는 데스 파이트. 그 무대에 나이트의 자격으로 참전할 수 있는 이들에게 발송되는 초대권, 그게 블랙 카드라네. 그리고 그 블랙 카드를 받게 되는 이들은 백퍼센트 타인의 추천으로 채택되지."

추천제… 그렇다는 건 혹시?

무천도사는 마침내 나와 눈을 맞추었다.

그의 눈동자엔 무거운 죄책감이 가득 차 있었다.

"미안하이, 지웅 청년. 내가 조금 전, 데스 파이트 주최 측에 자네를 추천했네."

"할아버지! 어떻게… 어떻게 그런 일을……!"

"날 욕하거라, 아랑아. 지웅 청년, 날 욕하게."

"정말, 할아버지… 어떻게……."

Chapter 2
다운 타운으로

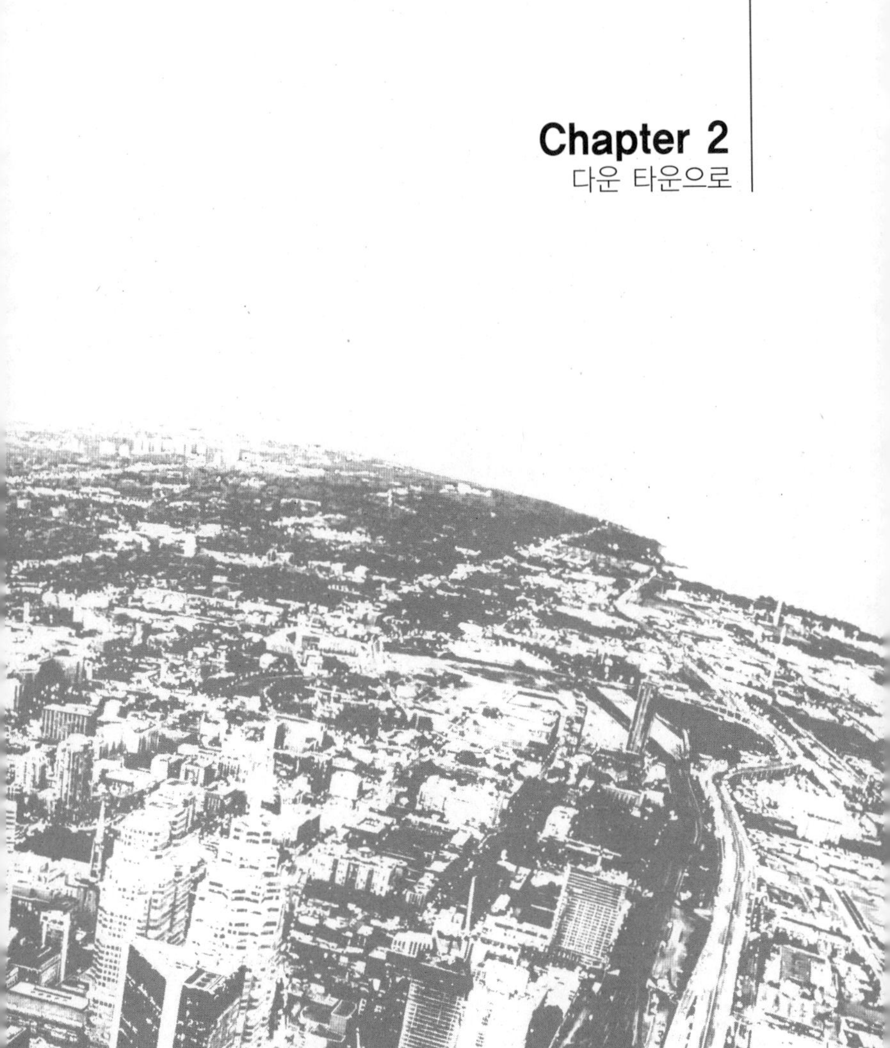

아랑이는 정신이 혼미해진 얼굴이었다.

무천도사는 그런 손녀의 반응에 아랫입술을 피가 나도록 깨물었다.

지금 이 상황에서 평정을 유지하고 있는 건 나밖에 없었다.

"아랑아."

"미안, 미안해, 지웅아. 내가 대신 사과할게."

"아니, 그럴 필요 없어. 무천도사님도 그렇게 미안해할 거 없어요."

그러자 두 사람이 동시에 날 바라봤다.

그 시선들엔 어떻게 그토록 아무렇지 않을 수 있냐는 물음이 담겨 있었다.

나도 놀랍다.

전 같으면 펄쩍펄쩍 뛰었을 텐데, 지금은 냉정하게 상황부터 분석하고 있었다.

영혼의 힘을 얻게 돼서 성격도 변한 걸까?

아니면 소라스나 바레지나트의 기억을 거닐면서, 그들의 인격이 내게도 영향을 끼친 걸까?

아무래도 좋다.

지금의 내 모습, 난 마음에 든다.

"제가 알기로 데스 파이트의 추천 제도는 상대방이 나를 추천할 경우, 블랙 카드가 전달되고, 내가 흥미가 동해서 카드에 있는 번호로 전화를 할 경우에만 다운 타운으로 가는 것이 허락되는 듯한데, 맞나요?"

무천도사가 고개를 끄덕였다.

"그렇지."

"그럼 무천도사님은 아무런 잘못도 하지 않으셨어요. 절 강제로 다운 타운에 끌려가도록 만든 게 아니잖아요? 추천만 하신 거지. 그럼 다운 타운에 갈지 말지는 전적으로 제 의사로 선택할 수 있는 거 아닌가요?"

"그 말이 맞긴 하네만……."

"지웅아… 너 설마?"

설마가 사람 잡는단 말이 있지.

하지만 지금은 사람 살리기 위해서 그 설마에 들어맞는 대답을 해야겠어, 아랑아.

"응. 가겠어. 다운 타운에."

"안 돼!"

아랑이가 머리를 거세게 저었다.

"아까 내 얘기 못 들었어? 거기는 인생을 걸고 싸우는 곳이래! 그런 곳에 네가 가게 되면… 어떻게 될지 모른단 말야."

"그럼 이랑이는?"

"……!"

"네 동생은 어쩌고?"

"이랑이 일은 나도 걱정돼서 죽을 것 같아. 하지만 네가 간다고 무슨 수가 나는 것도 아니잖아."

"아니, 내 생각은 달라. 무천도사님께선 무슨 수가 나기 때문에 날 추천한 것 같아. 그렇지 않고서야 이런 일을 벌일 이유가 없잖아. 그렇지 않나요?"

내 예상대로 무천도사는 고개를 끄덕였다.

"맞아. 자네가 간다면… 만약 이랑이가 데스 파이트에서 지게 될 경우, 녀석을 구원할 방법이 생기긴 하지."

"그게 뭡니까?"

무천도사는 생각을 조금 정리하는 듯 눈을 감고 한동안 말이 없었다.

그렇게 뜨거운 차 한 잔 마실 시간이 흐르고 나서야, 정적을 깨고 그의 음성이 흘러나왔다.

"데스 파이트는 쉽게 말해서 거대한 도박장이지."

"도박장이라니요?"

"투견 도박이라는 걸 들어 봤겠지? 두 마리의 투견을 싸움 붙이고, 도박꾼들은 이길 것 같은 놈에게 돈을 걸지. 데스 파이트도 마찬가지일세. 원형 경기장에서 싸움을 벌이는 두 사람이 있고, 그들에게 돈을 건 수만 명의 관중이 있지."

그럼 데스 파이트는 거대한 도박판이나 다름없다는 거잖아? 그것도 인간의 인생을 걸고 싸우는.

아랑이도 이런 얘기까지는 듣지 못했는지 놀라 벌어진 입을 두 손으로 가리고 있었다.

한 번 운을 뗀 무천도사는 그다음 얘기를 담담하게 이어나갔다.

"도박의 규칙은 별게 없지. 자신이 돈을 건 나이트가 이길 경우, 배당률에 따라 돈을 벌어 가네. 질 경우엔 전부 날리는 거지. 아울러 싸움에서 이긴 나이트는 도박꾼들이 건 돈의 0.1퍼센트를 파이트 머니로 가져간다네. 대략 그 돈이 적을 땐 몇백에서 클 때는 몇천 정도 되지만, 수령 가능한 파이트 머니의 상한선은 천만 원이 최고일세. 한데, 중요한 건 이게 아니야. 싸움에서 진 나이트의 처우일세."

"…지면 어떻게 되는 겁니까?"

"노예가 되지."

아랑이의 휘둥그레진 눈에 눈물이 그렁그렁 맺혀 있었다.

아마 무천도사의 얘기에 이랑이를 대입하고 있을 테지.

“누구의 노예가 된다는 말입니까?”

“싸움의 승자에게 가장 큰돈을 건 도박꾼의 노예가 된다네.”

“하…….”

헛웃음밖에 나오지 않았다.

이건 정말 도박을 위해 최적화되어 있는 시스템이다.

승자에게 가장 큰돈을 건 사람이 패자를 노예로 삼을 수 있다. 그 룰만 보면 돈도 따고 노예도 가질 수 있는 일석이조의 시스템이라고만 생각할 수 있다.

하지만 바로 그렇기 때문에 많은 사람들이 가장 큰돈으로 도박에서 승리하길 원할 것이다.

이를 위해서는 배팅액이 커야 한다.

돈 있는 이들은 너도 나도 어마어마한 돈을 배팅할 것이다.

도박의 판이 절로 커지는 것이다.

‘그래서 인생을 건 싸움이라고 했던 거였어.’

사람의 인권을 대가로 도박을 벌인다.

그런 역겨운 싸움이 벌어지는 곳이 데스 파이트였다.

“그런데… 노예가 되었다가 다시 풀려나는 경우도 있다.”

“그게, 뭔데요, 할아버지?”

아랑이가 잔뜩 물 먹은 음성으로 힘겹게 물었다.

"데스 파이트에서는 나이트가 연속 세 경기를 이길 때마다 상품을 주지. 현금 오만 달러. 혹은 세이브 카드(Save card). 둘 중에 하나를 선택할 수 있어."

나 참, 인생을 걸고 싸우는데 세 번 이긴 것에 대한 대가가 겨우 오만 달러? 대충 1달러당 1,200원으로 잡고 계산해 봐도 고작 6,000만 원이 고작이다.

인생과 바꾸기에는 터무니없이 보잘것없는 보상이다.

세이브 카드라는 건 뭐지?

"세이브 카드는 말 그대로 구원의 종이야. 이것을 지니고 있으면 자신이 다음 싸움에서 졌을 때, 노예가 되는 것을 막을 수 있지. 더불어 이미 노예가 된 사람을 구원할 수도 있다네. 중요한 건 세이브 카드를 얻기 위해서는 하루에 연속 세 경기를 치러야 한다는 점이지."

"연속으로 세 경기를 치른다구요?"

"그렇지. 데스 파이트에 초대된 나이트는 한 번의 전투에서 승리하면 그 이후의 전투는 참여하지 않고 그냥 지상으로 돌아와도 된다네. 하지만 그중에서 2회전에 나가고 싶은 이들이 있을 경우 그들끼리 2회전을, 거기서 이긴 이들 중에서 다시 3회전에 나가고 싶은 이들이 있을 경우 3회전을 연속해서 치르게 되지. 한데 만약 누군가 2, 3회전을 나가고 싶다고 했을 때, 다른 나이트들이 전부 나가기 싫다고 했을 경우엔 매드 맨(Mad man)들이 상대로 나서게 되지."

"매드 맨이요?"

"우리나라 말로 번역하자면 광인(狂人). 전투와 살육에 미친 자들일세. 그들은 다운 타운에서 만들어낸 광전사로 늘 살의에 물들어 있지."

이제야 알겠다.

무천도사가 내게 바라는 것.

"만약 이랑이가 노예가 된다면, 제가 데스 파이트에 나가 세이브 카드를 획득하길 바라는 거군요."

"……."

무천도사는 아무런 대답이 없었다.

다만, 내 눈을 지그시 바라볼 뿐이었다.

그것은 무언의 긍정이었다.

"너무… 너무 위험해요. 위험한 일이에요. 지웅아, 하지 마."

아랑이는 거의 사정하듯 내게 말했다. 나는 그런 아랑이에게 대답하지 않고 무천도사에게 물었다.

"이랑이가 언제 사라졌죠?"

"새벽 여섯 시. 그 시간이면 늘 조깅을 나가니, 그런가 보다 했지. 한데 수련 시간이 되었는데도 도장에 오지 않아서 녀석의 방에 가봤더니… 블랙 카드가 있었네."

"이랑이가 다운 타운으로 간 게 확실해요?"

그러자 아랑이가 끼어들었다.

"이랑이는 전부터 다운 타운에 너무 가고 싶어 했어. 할아버지는 이랑이의 실력이 한참 부족하다면서 당장은 꿈도 꾸지 말라 하셨었고. …게다가 이랑이가 내 전화를 이렇게까지 안 받은 적은 처음이야."

"그래도 그렇지 아직 확실한 정황도 모르는데……."

"아니."

무천도사가 내 말을 끊었다.

"확실한 정황은 있지."

무천도사의 손엔 어느새 스마트 폰과 이랑이가 받은 것으로 추정되는 블랙 카드가 들려 있었다.

무천도사는 스마트 폰으로 카드에 적힌 번호를 찍었다.

그리고 스피커폰 버튼을 눌렀다.

그러자 스마트 폰에서 많이 듣던 여인의 음성이 흘러나왔다.

—지금 거신 번호는 결번이므로 다시 확인하시고 걸어주십시오.

결번이라고?

무천도사가 착잡한 음성을 토해냈다.

"블랙카드를 받은 이가 커플러에게 연락을 취해 다운 타운으로 향한 경우, 여기 적힌 번호는 사라져 버리지. 이랑이는 다운 타운으로 간 거야."

"이랑아……."

결국 아랑이가 닭똥 같은 눈물을 뚝뚝 떨어뜨렸다.

난 이 상황이 점점 답답해졌다.

"무천도사님. 하나 여쭙고 싶은 게 있는데요."

"무언가?"

"애초에 왜 이랑이에게 다운 타운에 대해 언급하신 겁니까? 그런 이야기를 하지 않았다면 이랑이가 데스 파이트를 선망하지도 않았을 거 아닙니까?"

"그건… 이랑이를 지키기 위해서였지. 하지만 그 녀석은 데스 파이트에 경각심을 가지기는커녕, 오히려 끓는 피를 주체 못하고서 동경해버리고 말았네."

이건 또 무슨 말이야?

"이랑이를 지키기 위해서였다니요?"

"내가 젊은 시절 데스 파이트에 나갔었던 건 알고 있는가?"

"네, 아랑이한테 들었어요."

"난 거기서 총 다섯 번의 시합을 했지. 그중 네 번을 이기고 마지막 시합에서 지고 말았네. 당시 난 자신감으로 똘똘 뭉쳐 있었어. 지금의 이랑이처럼. 그래서 세 번의 시합에서 이겼을 당시 세이브 카드 대신 돈을 선택했지. 때문에 싸움에서 패하고 난 뒤엔 영락없이 노예가 될 판이었어."

무천도사는 오랫동안 가슴 속에 묻어 두었던 이야기를 꺼내는 것 같았다.

그의 음성엔 충분히 그렇게 느껴지는 무게감이 실려 있었다.

"한데 날 가지게 된 도박꾼… 그는 제임스라는 이름을 가진 서양인이었지. 아무튼, 그 제임스가 제안을 하나 했다네. 내 운명을 후세에게 맡겨보지 않겠느냐고. 받아들인다면 노예로 삼지 않을 테니, 지상으로 올라가면 두 번 다시 이곳에 발 들이지 말고 후세 양성에 힘쓰라고 말일세."

무천도사가 길게 한숨을 내쉬었다.

"머리가 빙빙 돌았지. 정신이 하나도 없었어. 그저 비참하게 노예로 살다 죽을 순 없다는 생각에 그만 그러겠다 하고 말았지. 집으로 돌아온 뒤엔 지금껏 그곳에서 겪었던 모든 일들이 꿈만 같았어. 참을 수 없는 패배감과 죄의식에 술을 먹고서 친구들에게 그곳의 이야기들을 모두 털어놓곤 했지. 하지만 하나같이 나를 주정뱅이, 혹은 정신병자 취급할 뿐이었어. 아무도 믿지 않았지. 다운 타운의 사람들도 내 입을 단속하려 들지 않았어. 어차피 믿을 이가 없다는 걸 아는 거지."

한참 무천도사의 이야기에 빠져들고 있는 와중.

[그것 참, 흥미롭군.]

잊고 있었던 카시아스가 텔레파시로 말을 걸어왔다.

나도 모르게 주변을 돌아봤다.

하지만 도장 안에 카시아스의 모습은 보이지 않았다.

투명화 마법으로 모습을 숨기고 있는 모양이다.

[숨어서 뭐하는 짓이야? 도둑고양이냐?]

[똥고양이보다는 낫네. 고맙다.]

뭐야? 그런 말을 맘속에 담아두고 있었어? 참 속도 좁다.

[아무튼 지금 무천도사님 얘기 들어야 하니까 조용해.]

[다운 타운이라는 곳, 제법 가고 싶어져.]

그러니까 지금 나한테 은근슬쩍 말을 건 이유가 되도록 데스 파이트에 참가했으면 하는 희망 사항을 내비친 거지?

무천도사의 이야기는 계속 이어졌다.

"당시 내겐 아들이 하나 있었네. 어미를 잡아먹고 태어난 녀석이었지."

그 아이는 당연히 아랑이의 아버지일 테지.

"나는 녀석에게 극천무를 전승할 수 없었어. 데스 파이트 참가자 모집은 기본적으로 추천 제도이긴 하지만, 내부적으로 검토를 해서, 참가할 자격이 안 될 경우 거절당하지. 그리고 얼토당토않은 사람을 추천한 당사자에게 '사고'를 입힌다네."

"사고라니요?"

"정확히 말하자면 사고로 위장한 형벌이지. 사지 중 하나를 평생 못쓰게 해서 불구로 만들 수도 있고, 심한 경우 죽이는 경우도 있지."

"…그래서 아랑이 아버지께 극천무를 전수하지 않으신 거군요."

"그렇지. 날 풀어준 당사자가 후세에게 운명을 걸어보자고 했으나 약한 사람을 추천할 순 없는 노릇이니까."

"한데 이랑이한테는 극천무를 전수하셨잖아요."

그 질문에 무천도사의 미간이 깊이 패었다.

무천도사는 또다시 침묵을 지키다가 말했다.

"물 한 잔 마시고 다시 얘기해주겠네. 목이 많이 타는군."

*　　*　　*

우리는 무천도사의 차를 타고 나와 카페에 들어섰다.

집 안에서는 아랑이의 부모님이 혹시나 들을까 싶어, 계속해서 이야기를 이어 나가기가 불편했기 때문이다.

무천도사는 앞에 놓인 녹차 한 모금으로 입술을 축였다.

"후우. 참으로 내가 미련했던 게지. 다 내 욕심 때문에 벌어진 일인 거야."

"무슨 일이 있으셨길래 그러세요?"

"난 내 핏줄들이 고통 받지 않길 바랐지. 한데 그 반면 극천무가 이대로 실전되어 버리는 것 역시 원치 않았어. 핏줄의 안녕과 극천무의 실전 사이에서 고민하던 난, 결국 이랑이에게 극천무를 일인전승 하기로 마음먹었네. 하나, 그렇게 될 경우 제임스가 이랑이를 데스 파이트에 추천할 수도 있으니, 늘 이랑이에게 데스 파이트와 다운 타운의 위험성에 대해서 강조했지.”

“그런데 생각했던 것과 정반대로 되어 버린 거군요.”

“그렇지. 이랑이는 다운 타운을 무서워하기는커녕 동경해 버리고 말았다네. 결국 이제 내가 할 수 있는 거라고는 제발 이랑이에게 블랙 카드가 오지 않길 비는 것과 녀석을 계속해서 강하게 성장시키는 것뿐이었지. 하지만 결국 이렇게 되었구만. 모든 건 내 탓이야.”

모든 것을 털어놓은 무천도사의 얼굴은 그새 십 년은 더 늙어 보였다.

‘제임스라고 했었나?’

그 인간은 진정한 악질이다.

사실 이건 조금 냉정하게 말해보자면 무천도사 한 명만 괴롭고 끝날 일이었다.

한데 그는 무천도사를 비롯해서 그의 후손들까지 괴롭혔다.

무천도사는 다운 타운에서 돌아온 이후 여태껏 걱정과 경계 속에 살아왔다. 만약 이랑이가 오늘 블랙 카드를 받지 못했으며, 다운 타운과 관계없는 삶을 살아간다 하더라도 무천도사의 여생은 여전히 걱정과 경계로 점철될 것이 뻔하다.

생의 마지막 순간에도 편히 눈감지 못하겠지.

한마디로 이래도 저래도 무천도사의 삶은 가시밭길이 되고 만다.

제임스는 무천도사를 살려준 게 아니라, 더한 구렁텅이 속으로 밀어 넣은 것이다.

"결국 제임스는 이랑이의 존재를 알아챘고, 그를 데스 파이트의 나이트로 추천한 거네요."

"그렇지. 강요는 하지 않겠네, 지웅 청년. 아니, 그럴 염치도 없지. 사실 내가 다운 타운에 가고 싶은 맘이 굴뚝같지만… 이미 난 두 번 다시 그곳에 발 디딜 수 없는 몸. 그래서 어쩔 수 없이 자네를 나이트로 추천했네. 미안하이."

무천도사는 내게 깊이 고개를 숙였다.

"아까도 말했지만 그건 미안해하실 필요 없어요. 제가 안 가면 그만인 거니까."

"…그렇지."

그때 카시아스가 말을 걸었다.

[안 갈 생각이냐?]

[그건 왜 물어?]

[다운 타운이라는 곳, 호기심이 생긴다. 가라. 그곳이 어떠한 곳인지 직접 봐야겠다. 내가 생각했던 것보다 지구는 많은 것을 숨기고 있는 것 같군.]

[네가 가라고 하면 가야 돼?]

[그래.]

너무 당연하게 말하니까 화도 나지 않는다.

[그러다 데스 파이트에 나갔다가 잘못되면?]

[그럼 이랑이가 잘못되어도 상관없다는 거냐?]

[그건 아니지만.]

[네가 위험하게 된다면 내 힘으로 어떻게든 탈출하게 해줄 테니 걱정 마라.]

카시아스는 너무나 담담하게 말했다.

하지만 신기한 것은 그런 카시아스의 말에 믿음이 간다는 것이다.

스스로 대마법사라고 하는 만큼 위기에서 날 구해줄 정도의 능력은 확실히 있는 거겠지.

그래, 결정했다.

"한 가지만 물어볼게요."

무천도사는 내 말에 고개를 끄덕였다.

"무엇이 궁금한가?"

"추천은 어떤 시스템으로 하는 거예요?"

"그건 데스 파이트에서 한 번의 승리를 거두고 복귀할 경우, 주최 측에서 알려줄 거네."

타인에게 함부로 알려줘서는 안 된다는 말이군.

"그렇다면 그 방법이 뭔지 알려줄 수 없다는 거죠?"

"그렇지."

"그럼 어쩔 수 없네요. 제가 궁금한 건 못 참는 성미라서요. 데스 파이트에서 승리하고 들어야겠어요."

"지웅아!"

"…진심인가?"
아랑이와 무천도사가 동시에 말했다.
"진심입니다."
"지웅아, 무슨 말이야? 거기가 어떤 곳인지 충분히 얘기 들었잖아."
아랑이는 걱정 가득한 얼굴로 말했다.
그런 그녀의 모습이 감격스럽기 그지없었지만, 지금은 이런 감정에 빠질 때가 아니겠지.
"그래서 더 안 갈 수가 없어. 만약 이랑이가 잘못되면?"
난 다운 타운이 어떤 곳인지, 데스 파이트에 출전한 선수들의 수준이 어떠한지 알지 못한다. 하지만 무천도사가 저토록 걱정하는 것을 보면 이랑이의 수준으로 참가했다간 십중팔구 화를 당할 가능성이 농후한 모양이다.
그러면 지금 상황에서 나설 수 있는 사람은 나밖에 없다. 아울러 카시아스도 내가 다운 타운으로 향하길 원한다.
최악의 경우 카시아스라는 보험을 믿으면 된다.
녀석은 나와 이랑이의 안전을 보장해 줄 테니.
"……."
아랑이는 아무 말도 하지 못했다.
이랑이도 나도 전부 다 걱정될 테지.
칼을 뽑았을 때 바로 휘둘러야 한다.
우물쭈물하다간 죽도 밥도 안 된다.

난 블랙 카드를 꺼내 그곳에 적힌 번호로 전화를 걸었다.

신호음이 딱 한 번 울렸을 때, 바로 여인의 음성이 들려왔다.

"설열음이에요. 지웅 씨죠?"

"네."

"데스 파이트에 참가 신청 하실 건가요?"

"네."

"확답을 주신 이상 번복은 불가능해요."

"번복 안 합니다."

"곧 모시러 갈게요."

뚝—

통화는 아주 간결하게 끝났다.

너무 간단해서 정말로 참가 신청이 된 건가 싶었다.

"지웅아… 너……."

아랑이는 말을 제대로 잇지 못하고서 입만 뻥긋거렸다.

무천도사는 석상이라도 된 것마냥 굳어버렸다.

세 사람 사이에 불편한 기류가 흘렀다.

그렇게 오가는 대화 없이 시간만 흘려보내던 중, 검은색 재킷, 검은색 가죽 바지로 무장을 한 여인이 우리가 있는 테이블로 다가왔다.

그녀는 내게 블랙 카드를 건넨 설열음이었다.

"……."

황당해서 말도 나오지 않았다.

대체 내가 여기 있는 줄 어떻게 안 거지?

이건 무천도사가 날 추천한 이후부터, 데스 파이트 주최자들이 은밀히 감시하고 있었다는 말밖에 되지 않는다.

"같이 가시죠, 지웅 씨."

대단히 불쾌했지만 어쨌든 가야 한다는 사실엔 변함이 없다.

난 대답 없이 일어섰다.

그러자 부드럽고 작은 손이 내 손을 꼭 잡았다. 아랑이었다.

"지웅아."

그녀는 걱정 가득한 얼굴로 날 바라보았다.

난 애써 미소 지으며 아랑이를 달랬다.

"괜찮아, 아랑아. 나, 네가 생각하는 것보다 더 강해."

"하지만……."

"꼭, 이랑이랑 무사히 돌아올게."

솔직히 아랑이의 손을 놓기 싫었다.

하지만 난 억지로 이를 뿌리쳤다.

"그럼 가볼까요?"

설열음이 앞장섰고, 난 그 뒤를 따랐다.

내 뒤로 무천도사의 깊은 한숨이 느껴졌다.

*　　*　　*

설열음은 날 바이크 뒤에 태우고 인적이 없는 시골 마을의 숲 초입으로 데려갔다.

그녀는 바이크에서 내리자마자 500원짜리 동전만 한 육각형의 납작한 유리 펜던트를 꺼내들어 내게 보여주었다.

“이게 뭡니까?”

내 물음에 설열음이 되물었다.

“지웅 씨는 지구의 과학 기술이 어디까지 발전했다고 생각해요?”

“그다지 크게 생각해본 적 없는데요.”

“모르는 건 죄예요.”

“네?”

“아는 건 힘이 되죠.”

설열음은 무표정한 얼굴로 말했다.

그러고 보니 이 여자 처음 봤을 때도 그랬지만 지금도 얼굴에 표정이란 게 전혀 존재치 않는다.

툭툭 던지듯이 내뱉는 말투와 억양이 없는 목소리 역시 감정이 조금도 담겨 있는 것 같지 않았다.

입 다물고 가만히 있으면 마네킹처럼 느껴질 정도다.

“이미 지구의 과학은 인간의 상식과 고정관념을 뛰어넘고 있어요. 최근 뉴스에서 투명 망토를 개발했다는 기사를 접했을 거예요. 하지만 투명 망토는 이미 오래전에 개발되었어요. 그것을 개발한 회사에서 철저히 비밀에 부쳤을 뿐이죠."

"그런 얘기를 하는 이유가 뭐죠?"

"공간 이동에 대해서는 어떻게 생각하세요?"

"네?"

"미국 물리학자 한 명이 광자를 두 개로 분리시키고 두 광자 사이에 벽을 두었죠. 그리고 한쪽 광자에다가 원자 상태의 물질 데이터를 넣자 벽 너머에도 똑같은 현상이 일어났어요."

…무슨 얘기인지 하나도 못 알아듣겠다.

"이건 실제로 일어난 일이에요. 하지만 겨우 이 정도의 현상을 가지고 공간 이동 기술이 완성되었다고 하는 건 무리가 있겠죠. 많이 접근하긴 했으나 새 발의 피예요. 그러나 크레용이란 회사는 이 공간 이동 기술을 이미 한 세기 전에 발명했고, 은밀하게 사용해 왔어요."

"지금… 저한테 공간 이동이 가능하다는 말을 하고 싶은 겁니까?"

설열음은 내 물음에 뚱딴지같은 대답을 했다.

"버뮤다 삼각지대 아시죠?"

"알아요."

"그게 왜 생겼을까요? 그냥 자연적으로? 아니에요. 세상에 벌어지는 모든 기현상, 초자연적 현상에는 이유가 있어요. 버뮤다 삼각지대는 크레용 사가 공간 이동 실험을 하다 실패하는 바람에 공간의 균열이 일어난 지역이에요. 그래서 그곳에 잘못 접근해 버린 모든 것들이 어딘지도 모를 이상한 공간으로 가버리게 되는 거죠."

이걸 지금 믿어야 하는 거야, 말아야 하는 거야?

설열음은 의심 가득한 내 눈을 지그시 바라보았다.

"믿어도 돼요. 크레용 사는 불가능을 가능하게 만드는 곳이에요. 어린이들이 크레용으로 장난처럼 그린 꿈 같은 일들을 실현시켜 주는 회사죠."

그래서 이름을 크레용이라고 지은 거야?

뭐, 그런 건 아무래도 좋다. 중요한 건 설열음이 왜 자꾸 나한테 허무맹랑한 과학 기술들에 대해 어필하느냐는 것이다.

그녀는 마치 이런 내 생각을 다 읽은 것처럼 말했다.

"아무 설명도 없이 포털을 이용하면 대부분 패닉에 빠지더라구요."

포털?

블랙 카드에 그것은 다운 타운으로 진입할 수 있는 수단이라고 적혀 있었다.

"이게 포털이에요."

설열음이 들고 있던 펜던트를 살짝 흔들었다.

"이걸로 뭘 어떻게 한다는 겁니까?"

"공간 이동 해서 다운 타운으로 진입할 거예요."

"…네?"

"익숙해지기 전까진 심각한 멀미가 동반되니 알고 계세요."

"잠깐만요, 지금 무슨 허무맹랑한 소리를……."

그때 머릿속에서 카시아스의 텔레파시가 들려왔다.

[재미있겠군. 이건 마치 텔레포트 마법과 비슷해.]

[뭐야, 너. 같이 간다고 하더니 꽁무니 뺀 줄 알았잖아. 어떻게 따라왔어?]

[바이크 뒤에 타고 왔다.]

[그보다 지금 정신없으니까 말 걸지 마.]

[싫다.]

카시아스가 단호하게 의사표명을 함과 동시에 고양이 울음소리가 들려왔다.

"냐옹~"

"고양이?"

설열음이 내 뒤편을 바라보았다.

고개를 돌려보니 투명화 마법을 해제한 카시아스가 다가오고 있었다.

폴짝!

카시아스는 내 어깨에 폴짝 뛰어올라 머리를 내 뺨에 마구 비벼대며 울었다.

"냐옹~"

"당신을 좋아하는 모양이군요."

"이 고양이가요? 설마요."

카시아스는 더욱더 격하게 머리를 비벼댔다.

가증스러운 자식.

"그곳에 고양이가 가도 될까요?"

"네, 크게 상관없을 거예요."

…뭐지?

카시아스를 보는 설열음의 눈동자가 무지하게 흔들리고 있다.

혹시 이 여자, 고양이를 엄청나게 좋아하는 건가?

그나저나 카시아스 이놈은 그냥 얌전히 따라오면 되지, 왜 모습을 드러내고 난리야?

[내가 모습을 보이지 않고 몰래 합승할 경우 저 포털이라는 기계가 오작동을 일으키면 어쩔 거냐?]

[설마.]

[공간 이동이라는 건 아주 예민한 기술이다. 마법사들도 백에 하나가 다룰까 말까 한 것이 바로 이 공간 이동 마법이지. 지금 저 여자는 너와 자기 자신만을 대상으로 한 포털을 열려 했겠지. 그런데 거기에 내가 무임승차하면 탑승 질량이 사전 정보와 달라져 포털이 오작동을 일으킬지도 모른다.]

[확실해?]

[내 가설이지만 맞을 거다.]

카시아스의 말이 끝나기가 무섭게 설열음이 펜던트를 손에 쥐고서 카시아스를 지그시 바라보았다.

"고양이가 추가되었으니 정보를 재입력해야겠네요."

정말이었네.

[거봐라.]

"이제 됐어요. 포털을 열게요."

설열음이 육각 모양 펜던트를 앞으로 내밀었다.

그러자 펜던트에서 푸른빛이 쏘아져 나갔고, 그것은… 공간을 찢었다.

이렇게밖에 설명을 할 수가 없었다.

푸른빛이 마치 용접 불처럼 허공을 길게 찢었고, 찢긴 공간은 양옆으로 쫙 벌어져 시커먼 속을 드러냈다.

그런데 이게 기이한 게, 앞에서 보면 분명 찢긴 공간이 보이지만, 뒤에서 보면 아무것도 보이지 않는다는 것이다.

"지구에서 이런 게 정말 가능한 겁니까?"

도무지 믿을 수가 없었다.

[그럼 네가 날 만난 건 가능한 이야기냐?]

카시아스가 기회를 놓치지 않고 딴지를 걸었다.

"복잡하게 생각하면 더 복잡해져요. 그냥 이 포털로 들어가면 다크 타운으로 진입한다. 그것만 알고서 들어가세요."

"알았어."

나 역시 더 이상 머리 복잡해지는 건 사양이다.

"내가 먼저 들어가요?"

"제가 먼저 들어갈까요?"

"음……."

내가 망설이자 설열음이 내 손을 덥석 잡았다.

"…뭡니까?"

"혼자 들어가는 게 무서우신 거죠? 그럼 같이 들어가요."

설열음이 날 포털로 잡아끌었다.

"자, 잠깐만! 아직 마음의 준비가!"

내 의견은 철저히 무시되었고, 난 포털 속으로 강제 연행되었다.

포털에 들어서자마자 뒤를 돌아보았다.

찢겨진 검은 공간 너머로 보이는 현실은 마치 꿈을 꾸는 것처럼 비현실적으로 다가왔다.

벌어진 균열은 빠르게 닫혔다.

그 광경은 마치 거인의 눈이 감기는 것만 같았다.

그리고 속이 울렁거렸다.

Chapter 3
데스 파이트

단순히 심한 멀미 정도가 아니었다.

어둠이 사위를 지배하는 순간 롤러코스터를 타는 듯한 아찔함이 이어졌다.

오장육부가 뒤집어지는 것 같았다.

"으으윽."

나도 모르게 짧은 신음을 토했다.

찰나간의 고통이 지나가고 닫혔던 공간의 문이 다시 열렸다.

여전히 난 설열음의 손을 꼭 잡고 있었다.

정신없어하는 날, 설열음이 밖으로 끌고 나갔다.

[약해 빠진 놈.]

카시아스는 아무렇지도 않은지 내 어깨에 편안하게 앉아 있었다.

하지만 지금 카시아스를 상대해 줄 정신은 없었다.

"하……."

포털은 정말 날 전혀 다른 세상으로 인도해 주었다.

사위는 더 이상 숲이 아니었다.

발밑엔 흙 대신 강철 바닥이 깔려 있었고 저 멀리 커다란 돔 형태의 건물이 보였다.

외관은 흡사 야구 경기장 같은 모양이었다.

그 외에 이렇다 할 건물은 보이지 않았다.

그저 넓은 황무지 위에 저 건물 하나만이 덩그러니 놓여 있는 것 같은 기분이었다.

그리고 사위에서 우리처럼 포털을 타고 와 다운 타운에 진입하는 사람들이 보였다.

그들 중 대부분은 자기 집 드나들 듯 자연스럽게 행동했다.

하지만 나처럼 얼떨떨하게 주변을 둘러보는 이들도 몇 보였다.

아마 데스 파이트에 참여하기 위해서 처음으로 다운 타운에 발을 들인 나이트겠지.

그런데 한 가지 이상한 게 있었다.

"하늘이 있어?"

다운 타운은 지하에 만들어진 세상이라고 했었는데, 어째서 하늘이 있는 걸까?

설열음이 친절하게 설명해 주었다.

"진짜 하늘이 아니에요. 홀로그램이죠."

"홀로그램?"

"시각을 속여 환상을 보게 해주는 기술이라고 하면 이해하겠어요? 가상현실이라고 생각하면 더 쉽게 받아들일 수 있을 거예요. 이래서 모르는 게 죄라는 거예요."

아무튼 진짜 하늘이 아니라 이거군.

"그럼 저 위엔 뭐가 있는 겁니까?"

설열음이 발을 한 번 탁 굴렀다.

"이것과 같은 강철이죠. 지반을 받쳐야 이 공간이 무너지지 않을 테니까요."

이 넓은 공간도 기본적으로 돔의 형태를 갖추고 있었다.

저 멀리 보이는 야구 경기장 같은 돔이 새끼 돔이라면 그것을 품은 다운 타운은 어미 돔 같은 느낌이었다.

그런데 가짜 하늘이 존재하니 어마어마하게 넓은 경기장에 들어선 듯한 기분이 들었다.

"다운 타운은 이게 전부입니까?"

"아니요. 여기는 데스 파이트를 치르기 위한 장소일 뿐이에요. 다운 타운의 간부와 시민들이 사는 마을은 따로 있어요. 정확하게 얘기해 드리죠. 이곳의 지명은 3구역. 2구역은 시민들이 사는 마을이고 1구역은 간부들이 사는 성이죠."

"이 지하에 마을이랑 성이 존재한다구요?"

"네. 어차피 나이트들이 그곳에 발을 디딘다는 건 불가능할 테니 큰 관심 가지지 않으셔도 돼요. 그보다 정해야 할 게 있는데요."

"뭘 정해야 하죠?"

설열음이 카시아스를 가리켰다.

"그 고양이 이름……."

이건 또 무슨 귀신 씻나락 까먹는 소리야?

"고양이 이름을 짓자구요……?"

설열음이 고개를 끄덕였다.

이 여자가 내 목숨이 왔다 갔다 하는 싸움판에 데려와 놓고서 고양이 이름 따위나 짓는 게 그보다 큰일인 것처럼 얘기한 거야, 지금?

"지웅 씨는 생각해 본 이름이 있나요?"

"저기… 지금 그게 중요한 게 아니……."

"제 생각엔 달봉이가 좋을 것 같네요."

"…네?"

"달봉이요. …제가 전에 키우던 고양이 이름이었어요. 그런데 일 년 전 죽었죠. 괜찮을까요? 이렇게 지어도."

역시 이 여자, 고양이에 대해서 얘기할 때만 얼굴에 표정이 생긴다.

그것은 곧 그때는 감정이 드러난다는 얘기다.

[달봉이란다, 카시아스. 좋겠다, 근사한 이름 생겨서.]

[시끄럽다.]

"마음대로 하세요."

설열음이 만족스레 고개를 끄덕이고 걸음을 옮겼다.

"그럼 콜로세움으로 가시죠."

"콜로세움?"

설열음이 저 멀리 있는 돔 형태의 건물을 가리켰다.

"데스 파이트가 벌어지는 장소 말예요."

*　　*　　*

설열음의 설명에 따르면 콜로세움엔 총 다섯 개의 출입구가 존재한다고 한다.

그중 네 개는 동서남북, 네 방향을 기준으로 나 있고 데스 파이트의 관객들이 입장하는 문이었다.

그리고 나머지 하나, 남동쪽으로 나 있는 문은 데스 파이트에 참여하는 나이트들 전용 문이었다. 문의 이름은 헬 게이트. 누가 지었는지 몰라도 작명 센스 참 단순하다.

나는 설열음을 따라 헬 게이트로 들어섰다.

헬 게이트는 쩍 벌린 악마의 아가리처럼 디자인을 해놔서 기분이 영 찝찝했다.

건물 안으로 들어서니 온통 붉은색으로 도배된 긴 복도가 나타났다.

들어올 땐 악마의 입을 통해 들어왔으니 여기는 식도라는 건가?

길고 긴 복도의 양옆으로는 수많은 방문이 존재했다.

그리고 방문에는 누군가의 이름이 걸려 있는 곳도, 그렇지 않은 곳도 있었다.

아무래도 여기가 나이트 대기실인 모양이다.

설열음은 리드미컬하게 걸었다.

나도 덩달아 발걸음이 빨라졌다.

그렇게 수십 개의 방문을 지나던 와중, 설열음이 멈춰 서지도 않았는데 난 어느 방 앞에서 굳어버렸다.

방문에는 연이랑이라는 이름이 걸려 있었다.

내가 방문을 열려고 하자, 설열음의 손이 내 팔목을 잡아챘다.

그녀는 고개를 저으며 말했다.

"안 돼요."

"아는 사람이에요. 얘 때문에 내가 여기에 온 거고."

"그래도 안 돼요. 시합이 끝날 때까지 나이트들은 서로 접촉할 수 없어요. 그게 이곳의 규칙이에요."

"왜 안 된다는 겁니까?"

"시합 전에 나이트끼리 시비가 붙을 수도 있기 때문이죠.

그러다 누군가 크게 다치기라도 하면 이미 짜놓은 대진표를 다시 짜야 할 테고 그것은 시합에 차질을 불러오겠죠?"

"……알았어요."

마음 같아서는 설열음의 손을 뿌리치고 문을 열고 싶었지만 꾹 참았다.

어찌 되었든 지금 아쉬운 건 나다.

게다가 다운 타운이 어떤 곳인지에 대한 파악도 전혀 안되어 있다.

일단은 참는 게 맞다.

설열음은 조금 더 복도를 걸어가 내 이름이 걸린 방문 앞에 멈춰 섰다.

"이 안에서 기다리시면 돼요. 대전 순서가 되면 방 안의 스피커에서 알려줄 거예요. 그리고 경기 진행 상황은 모니터로 확인할 수 있어요. 그 외에도 간단한 음료수와 간식거리들이 있으니 마음대로 드셔도 돼요. 조금 피곤하시면 침대에 누워서 주무셔도 무방해요."

말을 마치며 설열음이 문을 열었다.

대기실은 작고 깔끔한 방처럼 꾸며져 있었다.

안으로 들어서니 문 밖에 선 설열음이 뭔가 조금 아쉬운 시선을 내게 보냈다.

"고양이도… 같이 들어가나요?"

"안 되나요?"

"아니, 상관없지만…."

그녀는 내게 무슨 말을 더 하려다가 말고 체념한 듯 고개를 저었다.

"아니에요. 이걸 받으세요."

설열음이 까만색의 복점 같은 무언가를 내밀었다.

"이게 뭔데요?"

"다국어 통역기예요. 정식 명칭은 닷(Dot)이구요."

말 그대로 점이라는 뜻이군.

"이걸 귀에 부착하세요. 다운 타운에서 들리는 모든 언어를 한국어로 자동 번역 해줄 거예요."

"이 작은 게요?"

"네, 아까도 말했지만 지구의 과학은 지웅 씨가 아는 것 이상으로 발전해 있어요."

난 닷을 넘겨받아 귀 안쪽에 부착했다.

닷은 겉면이 테이프처럼 끈끈하게 되어 있는 것도 아닌데 신기하게 피부에 찰싹 달라붙었다.

"그럼 쉬세요. 참고로 문은 안에서 열리지 않는 구조로 되어 있어요. 그리고 특수 소재로 만들어졌기 때문에 어지간한 힘으로는 부수기 어려울 거예요. 혹여라도 문을 부수려 하는 행위를 하실 경우 자동 탈락 처리되니 주의해 주세요. 화장실은 저 문을 열면 나와요."

대기실 오른쪽 구석엔 작은 문이 달려 있었다.

그게 화장실인 모양이다.

"그럼 쉬세요. 그리고 달봉이… 잘 돌봐주세요."

그 말을 끝으로 설열음은 문을 닫았다.

그리고 대기실엔 나와 달봉이만 남게 되었다.

[카시아스다!]

남의 생각 네 멋대로 읽지 좀 마라, 달봉아.

* * *

카시아스는 다운 타운에 엄청난 호기심을 보였다.

그가 여태껏 겪어왔던 인간세계와는 완전히 다른 곳이었기 때문이다.

[과학 수준이 지상의 것과 이다지도 차이 날 줄이야. 아니, 애초에 지상에서도 더 발달된 과학이 존재했으나 공개하지 않았던 것뿐이겠지. 아울러 콜로세움에서 벌어지는 데스 파이트는 인간의 원초적인 본능만을 위해 만든 도박이야. 다운 타운은 철저히 지구의 상위 계층만을 위해서 만들어진 곳이로군.]

카시아스는 열심히 떠들어댔지만, 난 그의 말에 집중할 수가 없었다.

이랑이에 대한 걱정이 머릿속을 가득 채워 다른 사고 회로를 막아버렸다.

테이블 위에 먹음직한 과자와 초콜릿, 빵들이 놓여 있었지만 식욕이 생기지 않았다. 당연한 얘기지만 잠도 오지 않았다.

그저 초조하게 시간만 축내고 있는데 벽에 걸린 커다란 모니터가 켜졌다. 모니터 안에는 콜로세움의 내부가 비쳐지고 있었다.

흙으로 가득 메워진 타원형의 넓은 경기장을 관객석이 빙 둘러싼 형태로, 전형적인 야구 경기장 모양이었다.

객석은 4분의 3 이상이 채워져 있었다.

객석에 앉은 이들의 면면이 잠깐 카메라에 잡혔다.

각국에서 찾아온 가지각색의 사람들이 잔뜩 흥분한 상태로 경기장을 보며 시끄럽게 소리치는 중이었다.

그때 경기장의 남문과 북문이 열리며 두 사내가 등장했다.

한 사내는 사시미를 들었고, 다른 사내는 맨주먹이었다.

그들의 등장에 장내는 더한 광기로 가득 찼다.

그것은 그야말로 광란의 도가니였다.

우와아아아아아아아아—!

사람들의 고함과 함성에 경기장에 들어선 두 사내의 얼굴이 급격히 경직되었다.

그리고 사회자인 듯한 남성의 목소리가 울려 퍼졌다.

—오래 기다리셨습니다, 귀족 여러분. 그럼 첫 번째 시합을 시

작하겠습니다. 배팅 룰에 대해서 다시 한 번 확인해 드리겠습니다. 배팅은 시합 시작 전 대진표만을 보고 할 수 있으며, 이후에는 변경이 불가합니다. 대진이 끝나고 승패가 가려지면 승자에게 배팅을 한 귀족분들은 배당률에 따라 돈을 가져가시게 됩니다. 그중에서 가장 많은 돈을 배팅한 귀족께서는 싸움에서 진 나이트를 자신의 노예로 삼을 권리가 주어집니다.

그래 바로 이 부분이 가장 중요한 포인트지.
사회자의 말은 계속 이어졌다.

—하지만 시합에서 패배자가 죽거나, 하루 동안 세 번의 경기를 치러 우승한 나이트가 그 노예에게 세이브 카드를 준다면 안타깝게도 가장 많은 돈을 배팅한 귀족께서는 노예를 가질 수 없게 됩니다.

지금 그릴 수 있는 가장 좋은 그림은 이랑이가 1승을 올리고 집으로 돌아가는 것이다.
무천도사의 말에 의하면 1승을 올리고 돌아올 수도 있고, 스스로 원할 경우 그 이상 전투에 나갈 수도 있다고 했다.
그것은 순전히 1회전을 통과한 이들 스스로의 의지로 정해진다.

그리고 만약 내가 2회전을 나가길 원했는데, 1회전에서 승리한 이들 중 아무도 2회전에 나가길 원하지 않는다면 매드맨 중 한명과 내가 대결하게 된다.

어찌 되었든 이것은 최악의 시나리오다.

이랑이가 시합에서 졌을 경우 말이다.

녀석이 1회전 싸움에서 가볍게 이기고 집으로 돌아간다고 해준다면 나로서는 더 바랄 게 없다.

—나이트들에게 경기 룰에 대해서 설명해 드리겠습니다. 나이트들은 총기류가 아니라면 어떤 무기를 사용해도 무방합니다. 경기 중 상대방을 죽여도 상관없습니다. 그럼 오늘의 데스 파이트 1회전 제1시합, 나이트 사시미 대 나이트 핵주먹! 시작하겠습니다.

사회자의 음성이 끝남과 동시에 우레와 같은 함성이 울려퍼졌다.

모니터는 다시 경기장에 나온 두 사내의 모습을 번갈아 비췄다. 사내들은 하나같이 잔뜩 긴장한 얼굴이었다.

[사시미와 핵주먹? 닉네임을 정하는 모양이군.]

두 나이트는 섣불리 움직이지 않고 탐색전을 벌였다.

싸움에서 지게 되면 죽거나 누군가의 노예가 된다.

그런 부담감이 몸을 짓눌러 쉽게 움직이지 못하는 것 같았다.

우우우우우우우—!

두 사람이 계속해서 대치하고 서 있기만 하자 객석에서 야유가 들려왔다.

"빨리 해, 이 머저리들아!"

"눈싸움은 계집애들이나 하는 거 아닌가!"

야유 속에서 들리는 몇 가지 언어들을 잡아냈는지 귀에 붙인 통역기 닷이 자동 번역을 해주었다.

사내들은 쏟아지는 비난 속에서도 한참을 움직이지 못했다.

그러다 나이트 사시미가 무언가를 결심했는지 아랫입술을 피가 나도록 깨물고서는 앞으로 달려 나갔다.

나이트 핵주먹도 눈을 크게 떴다.

둘 다 비로소 큰 결심을 한 것이다.

그들이 인생을 걸어야 하는 데스 파이트에 참가한 이유는 여러 가지가 있을 것이다.

그것이 돈일 수도, 노예가 될 처지에 놓인 누군가를 구하기 위해서일 수도 있다.

어찌 되었든 그들은 지금 싸워야 하는 무대에 서 있고 이겨야 하는 입장에 처했다.

사시미는 급격히 둘 사이의 간격을 좁히고 들어갔다.

핵주먹이 사정권에 들어오는 순간 그는 들고 있던 사시미를 날카롭게 휘둘렀다.

그 움직임이 신속 정확하고 날랬다.

하지만 핵주먹도 쉽게 공격을 허용하지 않았다.

그는 민첩하게 몸을 움직여 빠르게 날아드는 사시미 공격을 모조리 피해내며 반격을 시도했다.

휙!

주먹이 번개처럼 뻗어나갔다.

사시미가 그것을 피하자, 뒤이어 세 번의 주먹이 더 날아들었다.

그것을 잘 피하던 사시미가 얼굴에 정통으로 한 방을 얻어맞았다.

퍽!

사시미의 허리가 뒤로 확 꺾였다.

모르는 사람이 보면 사시미가 제대로 한 방 먹은 줄 알 것이다. 하지만 사시미는 주먹에 얻어맞는 순간 들고 있던 사시미의 날을 하늘로 향하게 하고 핵주먹의 팔꿈치에 꽂아 힘껏 당겼다.

서걱!

사시미가 넘어지는 순간 핵주먹이 뻗었던 왼팔의 살이 팔꿈치부터 손목까지 쫙 벌어졌다.

"으아아아악!"

벌어진 상처에서 붉은 피가 콸콸 쏟아졌다.

핵주먹은 자신의 팔을 움켜쥐고 비명을 질렀다.

그러자 객석에서는 격한 환호성이 들려왔다.

와아아아아아아—!

"바로 그거야!"

"더! 더! 더어어어어!"

그들은 타인의 고통에 무감각해져 있었다.

목숨을 걸고 벌이는 경기를 즐거운 유희거리로 여겼다.

사시미가 벌떡 일어나서 핵주먹에게 다시 달려들었다.

핵주먹은 정신이 나가 버린 것인지 사시미의 단순한 공격을 막지 못했다.

푹!

사시미가 핵주먹의 복부를 뚫고 들어갔다.

이대로 나이트 사시미가 승리하는 것인가 싶었던 순간.

콱!

핵주먹이 남은 한 팔로 사시미의 목을 움켜쥐었다.

놀란 사시미가 핵주먹의 복부에서 칼을 뽑으려 했다.

그런데 뽑히지 않는 모양인지, 끙끙대며 애를 쓰고 있었다.

—근육에 힘을 주어 사시미를 물었군. 아무래도 일부러 복부를 내어준 모양이야.

카시아스가 대번에 상황을 간파했다.

그럼 처음부터 저걸 노리고서 칼을 맞은 거란 말이야?

핵주먹도 보통내기가 아니었다.

사시미의 목을 쥔 핵주먹의 손에 점점 더 힘이 들어갔다.

그럴수록 사시미의 얼굴이 창백해졌다.

"크헥! 켁!"

사시미가 컥컥거리며 게거품을 물었다.

그의 동공이 풀리는가 싶더니 눈이 뒤로 까뒤집어졌다.

칼을 쥐고 있던 손이 아래로 툭 떨어졌다.

기절한 것이다.

핵주먹은 사시미를 그대로 들어 올렸다가 바닥에 내팽개쳤다.

콰앙!

"커헉!"

나이트 사시미가 고통에 정신을 차렸다.

그와 동시에 그의 복부에 사시미가 날아들어 꽂혔다.

푹!

"아악!"

핵주먹이 자신의 복부에서 뽑은 사시미를 꽂아 넣은 것이다.

그리고 다시 뽑아 그의 오른손 팔꿈치에 사시미를 쑤신 뒤, 손목까지 쫙 내리그었다.

"으아아아악!"

사시미는 피가 울컥거리며 쏟아지는 오른팔을 움켜쥐고

바닥을 데굴데굴 굴렀다.
핵주먹이 그의 머리를 발로 세게 후려쳤다.
퍼어억!
"컥!"
사시미의 눈이 휙 돌아가며 대자로 널브러졌다.
몸을 파르르 떨다가 축 처지는 것이 다시 기절했거나 죽은 것 같다.
그때 사회자의 음성이 들려왔다.

—나이트 사시미, 전투 불가. 나이트 핵주먹의 승리입니다.

그러자 관중석에서 희비가 갈렸다.
핵주먹에게 건 사람들은 환호하고 사시미에게 건 사람들은 야유를 보냈다.
경기장에 쓰러진 사시미에게 진행 요원인 듯 보이는 사람이 다가가 맥을 짚었다.
그러더니 검지와 엄지를 동그랗게 모아 오케이 사인을 어딘가로 보냈다.

—나이트 사시미의 숨이 붙어 있습니다. 따라서 가장 많은 금액을 배팅한 귀족분께 드리겠습니다.

다시 경기장에 들것을 든 두 명의 진행 요원이 들어와 기절한 사시미를 실어 경기장 동문으로 빠져나갔다.

핵주먹은 상처 난 팔에서 피를 뚝뚝 흘리며 자신이 나왔던 문으로 다시 들어갔다.

―10분간의 휴식 시간을 갖고 곧 1회전 제2시합이 시작되겠습니다.

그렇게 첫 번째 싸움이 끝났다.

Chapter 4
이랑이의 싸움

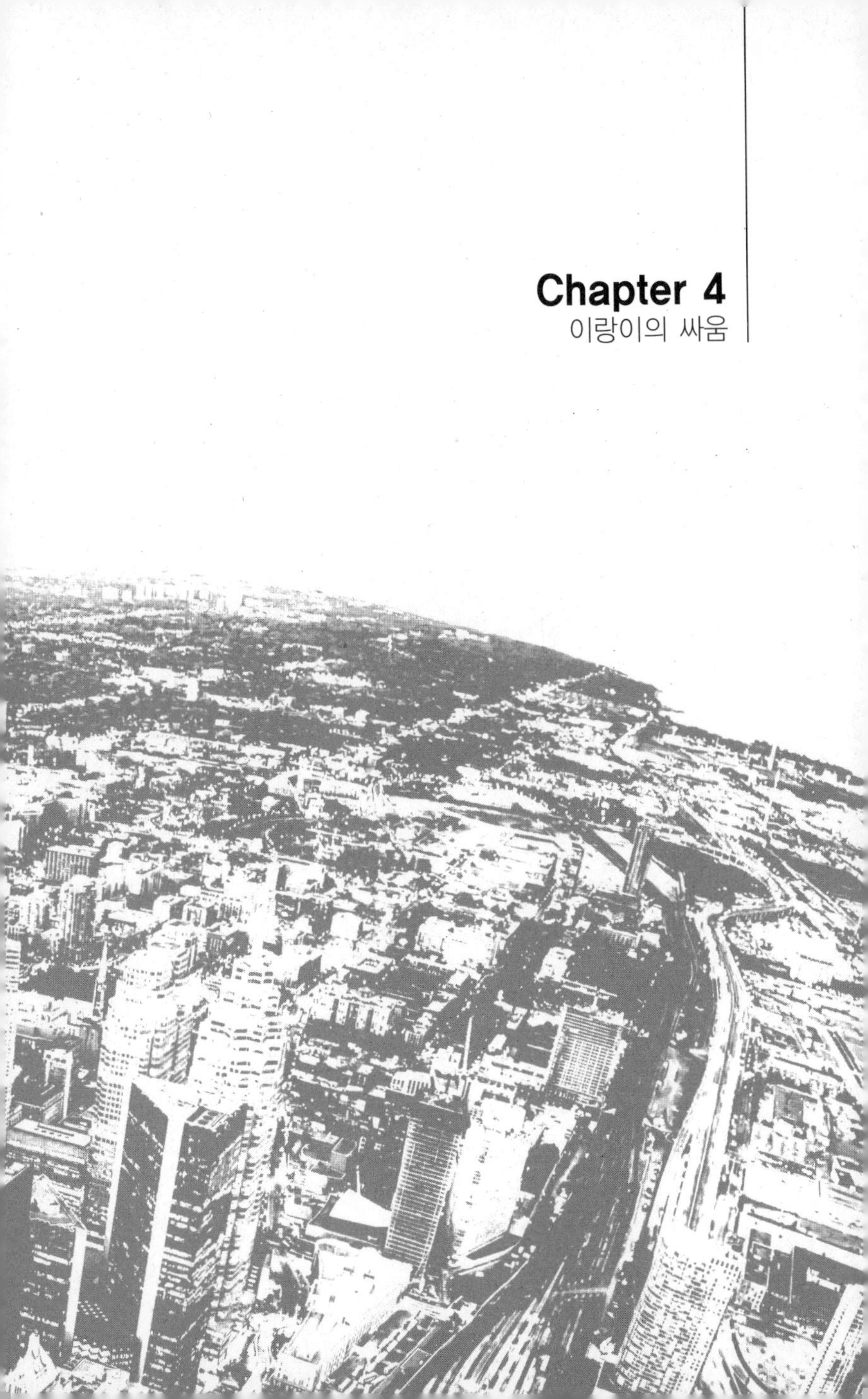

첫 번째 경기 이후 순식간에 세 경기가 치러졌다.

그중 두 경기에서 사람이 죽었다.

하지만 '귀족' 이라 불리는 관중들은 사람이 죽었을 때 더욱 큰 환호성을 보냈다.

그리고 다섯 번째 경기를 치르러 다시 두 사람이 경기장에 모습을 드러냈다.

한 명은 거구의 백인이었다.

금발에 벽안이었고, 짧게 자른 헤어스타일에 청바지와 하얀 티를 입고 있었다.

그는 양손에 짧은 단도를 한 자루씩 들었다.

사회자는 그를 나이트 블레이드라고 불렀다.
그리고 그의 상대로 나선 사람은 다름 아닌 이랑이였다.
이랑이의 닉네임은 나이트 핸섬.
대충 자기가 아는 영어 단어 중 괜찮은 것 하나를 말한 듯한 느낌이다.
닉네임이야 어찌 되었든 좋다.
'이겨라, 꼭.'
난 처음 다운 타운에 왔을 때보다 지금 더 이랑이가 걱정되었다.
데스 파이트에 출전한 인간들은 모두 보통내기가 아니었다.
하나같이 일반인의 범주를 넘어선 괴물 같은 녀석들이 출전해서 싸움을 하고 있었다.
개중엔 오로지 싸움의 쾌락을 즐기는 듯한 인간도 있었다.
이곳은 싸우다 사람을 죽여도 법의 제지를 받지 않는다.
살육에 미친 놈들에게는 이보다 좋은 곳이 없을 것이다.
[지구에 제법 강한 인간들이 많이 숨어 있었군.]
카시아스의 말이었다.
[그러게. 나도 놀랐어. 난 오로지 이랑이만 좀 특이할 거라 생각했는데.]
극천무라는 고유의 전통 무술을 일인전승 받은 이랑이는 어지간한 사람에게는 지지 않을 만큼 강하다.

만날 싸움만 해대는 깡패들도 이랑이에겐 상대가 되지 않을 것이다.

그런데 데스 파이트에 출전한 인간들의 수준은 전부 이랑이와 엇비슷했다.

냉정하게 얘기해서 더 강해 보이는 녀석도 있었다.

과연 나이트 블레이드란 백인은 어떨지…….

[시작한다.]

카시아스의 한마디가 잡념을 털어내고 모니터에 집중하도록 만들었다.

이랑이는 크게 긴장한 기색이 없어 보였다.

제자리에서 가볍게 뛰며 양손을 탁탁 털었다.

반면 나이트 블레이드는 목석처럼 가만히 서서 이랑이를 바라보았다.

"이랑아, 제발 진지하게 싸워라."

나처럼 이랑이도 대기실에서 지금까지의 전투를 모니터했을 것이다.

그런데 왜 전혀 긴장하지 않는 건지 모르겠다.

그만큼 강하거나, 자만했거나, 단순히 철이 없거나 셋 중 하나다.

하지만 아무리 봐도 이랑이가 여기 출전한 다른 나이트들보다 월등히 강하다고 판단되지는 않는다.

시합이 시작되었다.

이랑이가 망설임 없이 블레이드에게 달려갔다.

블레이드는 단검을 든 두 팔을 축 늘어뜨린 자세로 그런 이랑이를 쏘아보았다.

이랑이가 블레이드의 앞에서 땅을 박차고 뛰어오를 듯하다가 갑자기 자세를 낮춰 하복부로 파고들었다.

속임수를 쓴 거다.

화면에 크게 잡힌 블레이드의 눈동자가 위로 향했다.

이랑이가 뛰어오를 줄 알고 미리 시선을 움직인 것이다.

'통했나?'

이랑이의 주먹이 블레이드의 낭심을 노리며 찔러 들어갔다.

'그래, 이건 개싸움이야. 치사하고 자시고 할 게 없어. 까버려!'

일단 이겨야 한다.

패자는 말이 없다.

이긴 자만이 말을 할 수 있다.

그런데.

위로 향하던 블레이드의 눈이 다시 아래로 내려왔다.

동시에 그가 무릎을 들어올렸다.

빠억!

"……!"

이랑이가 안면을 그대로 얻어맞았다.

이랑이의 상체가 뒤로 확 젖혀졌다. 다행히도 녀석은 두 손을 모아 얼굴을 가리고 있었다.

내가 안도의 한숨을 내쉴 틈도 없이 블레이드의 단검 두 자루가 날카롭게 휘둘러졌다.

이랑이는 아슬아슬하게 블레이드의 공격을 피했다.

어찌나 간발의 차로 피하는지 보는 내 심장이 연신 덜컹거렸다.

계속된 공격에, 방어에 치중하던 이랑이가 반격을 시도했다.

블레이드의 단검 공격이 잠시 주춤하는 틈을 타 물 찬 제비처럼 빠르게 안으로 파고들었다. 그리고 장심을 올려 쳐 블레이드의 턱을 노렸다.

하지만 블레이드는 목을 뒤로 젖혀 이를 피했다.

이랑이는 빗나간 공격에 아쉬워하지 않고 바로 연계기에 들어갔다.

몸을 바짝 낮추고 오른발을 길게 뻗어 왼발을 축으로 바닥을 쓸었다.

블레이드가 낮게 점프해 그것을 피하는 순간, 몸을 한 바퀴 빙 돌리며 일어난 이랑이가 강력한 킥을 날렸다.

퍼억!

블레이드는 미처 그 공격까지는 피하지 못하고서 옆구리를 얻어맞았다.

콰당!

옆으로 죽 날아간 블레이드는 바닥을 굴렀다.

녀석은 벌떡 일어나 단검 두 자루를 다시 고쳐 쥐었다.

그런데… 놈의 단검 하나에 피와 흙이 묻어 있었다.

카메라가 이랑이의 모습을 잡았다.

이랑이가 오른쪽 종아리에서 피를 철철 흘리고 있었다.

블레이드가 이랑이의 공격을 받아내는 순간 반격을 가한 것이다.

한데 그 반격이 너무 셌다.

살을 주고 뼈를 친 격이다.

블레이드는 이랑이에게 맞은 옆구리를 꾹 누르더니 미간을 찌푸렸다.

골절상을 입은 모양이다.

몸을 꼿꼿하게 펴지 못하고서 왼쪽으로 지나치게 구부린 것이, 고통이 제법 있는 것 같았다.

하지만 이랑이의 상태도 말이 아니었다.

살을 깊게 찔린 채 베인 건지 피는 멈출 줄을 몰랐다.

이랑이는 그 자리에 가만히 서서 도통 움직이지 않았다.

녀석의 얼굴이 창백해졌고, 미소와 여유도 사라졌다.

반면 블레이드는 고통을 참고 있긴 했으나 아직도 여유가 남아 있었다.

다리 때문에 움직일 수 없는 이랑이 대신 블레이드가 서서히 거리를 좁혀왔다.

두 사람의 거리가 줄어들수록 귀족들은 거센 함성을 질러댔다.

개중에는 대놓고 이랑이를 죽이라 소리치는 귀족도 많았다.

까드득!

나도 모르게 이를 악물었다.

꽉 쥔 주먹이 부들부들 떨렸다.

"정신 차려, 이랑아."

블레이드가 이랑이의 근처까지 다가와 섰다.

그가 왼손의 단검을 역수로 쥐어, 허벅지에 딱 붙였다. 오른손은 단검을 엄지, 검지, 중지로만 잡아서 앞으로 내밀었다.

자세가 마치 다트를 던지려는 사람 같았다.

이랑이의 눈이 블레이드가 내민 단검에 집중되었다.

순간, 난 그게 속임수임을 깨달았다.

"그게 아니야, 이랑아!"

벼락처럼 튀어나간 내 외침과 함께 블레이드의 양손이 교묘하게 움직였다.

블레이드는 오른손을 터는 척하며 왼손을 들어 올려 단검을 날렸다.

이어 한 바퀴를 빠르게 돌면서 오른손의 단검도 집어 던졌다.

이랑이는 당황한 듯 제대로 대응하지 못하고서 조금 느리게 몸을 움직였다.

먼저 던진 단검은 무사히 흘려보냈고, 두 번째 던진 단검엔 귓불이 잘렸다.

그런데 거기서 끝이 아니었다.

연이어 단검 두 자루가 더 날아들었다.

블레이드가 허리춤에 숨기고 있던 단검들을 더 뽑아 연이어 던진 것이다.

그러나 이랑이는 단검이 두 개라고만 생각했을 것이다.

미처 그다음에 날아들 단검에 대비하지 못했을 테고, 그 결과는…….

푸푹!

"으아아아아아아아악!"

처참했다.

"이랑아!"

난 모니터를 움켜쥐고 소리쳤다.

이랑이가 어깨와 복부에 단검을 얻어맞고 그대로 쓰러졌다.

지금 내가 보고 있는 장면이 꼭 거짓 같았다.

아니, 차라리 거짓이었으면, 꿈이었으면 좋겠다.

하지만 피를 흘리며 너부러진 이랑이의 모습은 명확한 현실이었다.

블레이드가 괴로워하는 이랑이에게 천천히 다가갔다.

이랑이의 앞에 서서 그를 내려다보는 블레이드의 눈동자는 지독하게 무감정했다.

그가 이랑이에게 말했다.

"패배를 인정해라. 네 목숨을 소중히 하고 싶다면."

"……."

이랑이가 말없이 블레이드를 노려봤다.

"애초에 너와 난 무게가 다르다. 장난처럼 데스 파이트에 출전한 네 녀석과는 짊어진 삶의 고통이 다르단 말이다. …패배를 인정하는가?"

이랑이는 이를 악물고서 블레이드를 쏘아봤다.

"…까지마."

"뭐?"

"까는 소리 하지 말라고, 씨발!"

이랑이가 허리를 탕 튕겼다.

누워 있던 그의 몸이 용수철처럼 솟구쳐 올랐다.

녀석이 몸을 크게 비틀어 회전하며, 어깨와 복부에 박힌 단검을 뽑아 블레이드에게 던졌다.

슈슉!

하지만 블레이드는 그것을 모두 피했다.

퍼억!

블레이드의 솥뚜껑 같은 주먹이 자상을 입은 이랑이의 복부에 틀어박혔다.

"카학!"

이랑이의 허리가 직각으로 구부러졌다.

쩍 벌어진 녀석의 입에선 피가 튀어나왔다.

덥석.

블레이드가 이랑이의 머리채를 잡고 들어올렸다.

짜악!

그리고 다른 손으로 뺨을 때렸다.

"끄흑!"

짝! 짝! 짝! 짝! 짝! 짜악!

연속으로 이어진 따귀에 이랑이의 입이 안팎으로 다 터졌다.

어금니 두 대가 피범벅이 되어 바닥에 떨어졌다.

뺨이 부어오르고 오른쪽 눈에 실핏줄이 터져 붉은 피눈물이 흘러내렸다.

"……."

[진정해라.]

카시아스가 말했지만 진정이 되질 않는다.

내 몸에 지진이라도 난 것마냥 전신이 바들바들 떨린다.

[손바닥에 피난다.]

아까부터 손에서 땀이 많이 나는 것 같긴 했다.

그런데 꽉 쥔 주먹 때문에 손톱이 피부를 파고들어간 모양이다.

이랑이는 이미 기절했다.

블레이드는 그런 이랑이의 뺨을 몇 번 더 때리더니 바닥에 내동댕이쳤다.

그리고 자신의 단검을 수거하고서는 이랑이에게 다가가 녀석의 왼발을 잡아 들었다.

"끝까지 패배를 인정하지 않고 대든 대가다."

블레이드가 단검 한 자루를 꺼냈다.

"…안 돼."

그러지 마.

그만 둬.

거기서 멈춰!

"그만해, 개새끼야!"

서걱!

"끄아아아아악!"

"이랑아아아아아아!"

블레이드는 이랑이의 아킬레스건을 끊었다.

이랑이가 왼발 뒤꿈치를 손으로 잡고 몸을 잔뜩 웅크린 채 비명을 질렀다.

"아아악! 으아아아아악! 아아아아아악!"

"이런 씨바알!"

콰앙!

참지 못하고 주먹을 뻗었다.

모니터가 박살이 났다.

"하아! 하아!"

깨져버린 액정은 계속해서 영상을 송출했다.

조각난 브라운관은 고통스러워하는 이랑이의 모습을 갈기갈기 찢어놓았다.

블레이드는 이랑이를 죽일 의사가 없음을 밝혔다.

이랑이는 들것에 실려 퇴장했고, 5시합의 싸움은 그렇게 마무리되었다.

난 경기장을 벗어나는 블레이드의 뒷모습에서 눈을 떼지 못했다.

그때.

똑똑.

누군가 노크를 했다.

그리고 내 대답이 들리기도 전에 문이 열렸다.

대기실을 찾은 이는 설열음이었다.

그녀는 망가진 모니터를 슬쩍 보더니 개의치 않는 듯 내게 물었다.

"다음 라운드 출전이에요. 닉네임은 생각해 보셨나요?"

자신이 걸어 나왔던 문으로 다시 들어가는 블레이드의 등을 보며 난 한 자 한 자 씹어뱉었다.

"어벤저(Avenger)."

"복수하는 사람이라… 이름 값 하길 바랄게요. 나오세요."

난 설열음의 뒤를 따라 대기실을 나섰다.

한 걸음 한 걸음 움직일 때마다 가슴 가득 차오른 분노가 넘칠 듯 일렁였다.

*　　*　　*

—1회전 6시합. 나이트 어벤저와 나이트 킬러의 대결이 시작되겠습니다.

직접 내 발로 딛고 선 경기장은 모니터로 볼 때보다 훨씬 넓게 느껴졌다.

흙바닥엔 유혈이 낭자했다.

돔 형태의 경기장 내부엔 바람 한 점 불지 않았다.

관객들은 미친 듯이 괴성을 질러냈다.

내 앞엔 킬러라는 닉네임의 나이트가 서 있었다.

체구는 나와 비슷했고, 동양인이었다.

파란색 치파오를 입은 걸 보니 중국인인 모양이다.

그는 한 손에 대도를 들고 있었다. 그 모양새나 생김생김이 꼭 삼국지에서 묘사된 언월도와 비슷했다.

날 바라보며 고고하게 서 있는 자태가 제법 무술을 익힌 사람 같았다.

'무슨 사연으로 여기 왔을까.'

데스 파이트는 결코 가벼운 마음으로 서서는 안 되는 곳이다.

인생을 걸 만한 이유가 있어야 한다.

우리의 목숨값은 지금 여기에 들어선 순간 관객들의 배팅액으로 결정된다.

휘리릭! 척.

킬러가 언월도를 크게 휘둘러 두 손으로 잡고 앞으로 쭉 밀었다.

언월도의 대가리가 내 목을 향해 겨누어졌다.

[빨리 끝내라.]

카시아스의 텔레파시가 들렸다.

녀석은 지금 설열음의 품에 안겨 있었다.

[안 그래도 그럴 거야.]

최대한 빨리 3회전 우승을 해서 이랑이에게 세이브 카드를 준 뒤 같이 나가야 한다.

그래야 조금이라도 빨리 상처를 돌볼 수 있을 테니까.

마음이 급한 쪽이 먼저 움직이게 되어 있다.

내가 킬러에게 달려가려고 하던 찰나, 녀석이 먼저 움직였다.

타탓!

킬러는 그 큰 언월도를 들고서 깃털처럼 가볍게 달려 순식간에 거리를 좁혔다.

녀석은 내가 공격 사정권에 들어서게 되자 언월도를 앞으로 찔러 넣었다.

난 그것을 피했다.

탁!

킬러는 높이 뛰어 아래로 빠르게 떨어지며 언월도를 휘둘렀다.

크고 날카로운 날이 내 정수리를 노리며 내리그어졌다.

빠르고 정확한 공격이었다.

하지만 내겐 그것이 그다지 위협적이지 않았다.

바레지나트의 민첩성은 킬러의 스피드를 압도했다. 내가 킬러보다 더 빠르니, 녀석의 공격도 전부 눈에 보였다.

아울러 지그문트의 아이언 스킨은 어떤 날카로운 무기의 날도 두렵지 않게 만들어 주었다.

난 주먹을 말아 쥐고 정수리로 떨어져 내리는 언월도의 옆면을 후려쳤다.

쩌엉!

엄청난 소리와 함께 언월도가 옆으로 날아갔다. 그것을 쥐고 있던 킬러도 따라서 날아갔다.

타탁!

공중제비를 돈 킬러는 땅에 처박히는 수모를 면했다. 두 발로 멋지게 착지했지만 언월도는 더 이상 처음의 멋진 자태를 뽐내고 있지 않았다.

내 주먹에 얻어맞아 날이 완전히 구겨지고 찢어졌다.

킬러가 휘둥그레진 눈으로 언월도와 날 번갈아 보았다.

"잘한다, 어벤저!"

"네가 이겨야 내가 산다! 도와줘라!"

"이겨야 된다, 어벤저!"

여기저기서 날 응원하는 음성이 들려왔다.

그러거나 말거나 난 내가 해야 할 것에만 집중했다.

잠시 숨 돌릴 틈도 주지 않고 킬러에게 달려가 주먹을 휘둘렀다.

킬러는 잽싸게 그것을 피했다. 난 뒤로 빠지려는 킬러에게 바짝 달라붙어 주먹을 몇 번 더 날리다가 멱을 잡아챘다.

그러자 킬러는 언월도를 봉처럼 휘둘러 내 손을 쳐내려 했다.

하지만 소용없는 일이다.

이 강철 몸 앞에선.

쩌억!

언월도의 손잡이는 내 손에 부딪히자마자 그대로 쪼개졌다.

난 킬러의 멱을 그대로 잡아당기며 박치기를 했다.

빽!

"크윽……!"

녀석의 이마가 터지며 피가 흘렀다.

한 번 충격을 줬을 때 정신을 차리지 못하도록 흔들어 놓아야 한다.

이번엔 턱을 주먹으로 후려쳤다.

퍽!

"커허……."

충격이 제대로 들어갔는지 킬러의 다리가 풀렸다.

난 놈의 복부와 옆구리, 명치에 다시 주먹 세 방을 박아 넣었다.

퍼퍼퍽!

"끄흐으으……."

킬러는 곧 죽을 것 같은 신음을 흘리며 바닥에 쓰러졌다.

털썩!

그런 킬러의 후두부를 손날로 두들겼다.

탁!

"……."

놈이 저항 한 번 못하고 혼절했다.

그때 사방에서 관객들의 고함이 들려왔다.

"죽여라!"

"목을 비틀어 뽑아!"

"약해 빠진 놈! 저놈한테 거는 게 아니었어, 젠장! 그냥 죽여 버려!"

"버러지 같은 새끼!"

우우우우우우—!

여기저기서 야유가 들렸다.

'미쳤어.'

다들 완전히 미쳤다.

이 빌어먹을 광인(狂人)들은 싸움이 싱겁게 끝이 나면 돈을 잃은 것보다 더 분노한다.

유혈이 낭자하고 잔인한 전투 끝에 승패가 결정될수록 더욱 좋아한다.

개 같은 것들.

블레이드로 인해 가득 차오른 가슴속 분노가 이 인간 같지 않은 놈들로 인해 폭발하려 한다.

그때 붉은 재킷을 입고 선글라스를 낀 진행 요원이 다가와 킬러의 상태를 살피더니 오케이 사인을 보냈다.

이어, 사회자의 음성이 콜로세움 경기장에 울려 퍼졌다.

—1회전 6시합 끝났습니다. 승자는 나이트 어벤저. 가장 많은 배팅을 하신 귀족께서는 패자인 킬러를 노예로 삼을 수 있습니다.

끝난 건가?

입안이 쓰다.

다시 경기장을 벗어나는 발걸음이 무겁기만 했다.

그런데 그때였다.

띠링!

—이번 도박에 지웅 님이 이겨주길 간절히 바라던 사람들이 제법 있었나 보네요~ 지웅 님이 이기는 바람에 파산 위기에서 벗어나 큰 돈을 쥔 이들의 고마운 마음을 받아주세요~ 선행을 쌓아 376링크가 주어집니다.

뭐야 이건?

내가 선행을 쌓았다고?

지금… 이 시합에서 상대방을 아작낸 게 돈을 건 이들에겐 선행을 베푼 거란 말이야?

'선행의 조건은 누군가가 도움을 필요로 할 때 도와주는 것이었지.'

그렇다면 조건 자체는 성립이 된다.

내게 돈을 건 이들 중, 큰돈을 걸어 간절히 이기기를 바랐던 사람들은 내가 이기는 게 충분히 그들을 도와주는 것이라 생각했을 것이다.

아니, 간절한 마음이 아니더라도, 그렇게 큰돈을 걸지 않았더라도, 내기라는 것은 이왕이면 이기기를 바라게 되는 게 사람 마음이다.

그리고 난 그들의 마음을 짊어지고 달리는 말이 되었다.

적어도 내게 돈을 건 이들의 삼십 퍼센트 정도는 '이번 판을 이길 수 있게 도와달라' 는 생각을 했겠지.

"좋아해야 돼, 말아야 돼?"

생각지도 못했던 링크가 우루루 쏟아져 들어온 건 환영할 만한 일인데, 그 링크를 받게 된 이유가 참 씁쓸했다.

레이브란데의 인과율.

이거 참 아이러니하다.

* * *

대기실로 돌아오자마자 적립된 링크를 확인했다.

"마인드 탭."

> 이름 : 유지웅
> 소속 : 지구, 대한민국

성별 : 남
나이 : 19
영력 : 9/9
영매 : 8
아티팩트 소켓 2/2
보유 링크 : 630

보유 링크가 확 늘어났다.

'일단은 다른 능력을 하나 살까?'

내가 마지막으로 소울 스토어에 방문했을 때 살 수 있던 능력은 블랑의 굉장한 창술로 250링크였다.

아티팩트는 살 수 있는 게 없었다.

'접속해 보자.'

"소울 커넥트."

주변의 광경이 무너지며 암흑이 사위를 감쌌다.

그리고 라헬이 방긋 웃는 얼굴로 모습을 드러냈다.

"유지웅 고객님, 소울 스토어에 오신 것을 환영합니다."

"영혼부터 보여줘 봐."

"지웅 고객님이 가진 돈으로 살 수 있는 멋진 영혼들을 보여드릴게요~"

라헬이 손가락을 딱 튕겼다.

그러자 네 개의 영혼이 나타났다.

그중 두 개는 수 속성 초급 마법의 능력을 가진 레퓌른과, 굉장한 창술 능력을 가진 블랑이었다.

라헬은 나머지 두 개의 영혼을 가리켰다.

"이 영혼들이 따끈따끈한 신상입니다. 둘 다 단 500링크로 살 수 있죠. 설명 들어갈까요?"

"해봐."

"우선 오른쪽에 있는 이 영혼의 이름은 쟈비아. 그의 능력은 굉장한 궁술이죠. 그리고 왼쪽에 있는 이 영혼의 이름은 길버트. 데브게니안 대륙에서 레드 텅 용병단의 단장으로 활약했던 그의 능력은 굉장한 리더십이죠. 자, 어느 영혼을 선택하시겠습니까?"

뭔가 이상한데.

"어이, 라헬."

"네?"

"어째 너 오늘은 좀 급해 보인다?"

"급해 보인다니요. 그럴 리가요."

"원래 영혼의 능력 소개를 이렇게 간단히 하지 않잖아? 주구장창 늘어놓는 게 네 스타일 아니었어? 덧붙여서 나한테 당장 필요 없는 능력 팔려고 애쓰는 게 너잖아."

"오해하고 계시는 겁니다~"

오해는 얼어 죽을.

이 자식 분명히 어떤 꿍꿍이가 있는 거다.

내가 생각을 좀 하려 드니, 라헬이 빠르게 혀를 놀렸다.

"생각이 길어지면 용기는 사라진다는 말 모르시나요~? 굉장한 궁술도, 굉장한 리더십도 굉장히 좋은 능력이니 아무거나 사셔도 지웅 님은 지금보다 굉장한 사람이 될 거랍니다. 제가 보증하죠."

네 보증은 휴지 한 장보다 가벼워서 믿을 수가 없다.

그나저나 이놈이 대체 뭘 숨기고 있는… 아, 그렇지. 정말 바보 같았어, 내가.

"라헬."

"드디어 결정하셨나요?"

"그런데 물어볼 게 있는데."

"무엇이든 물어보시죠~ 상냥한 상인 라헬은 다~ 대답해 드리겠어요."

"늘 나한테 엿 먹이려는 이유가 뭐야?"

"제가요? 누구를요? 지웅 님을요? 하하하, 뭔가 오해하고 계시네요."

"날 엿 먹이면 라헬이 뭐 얻는 거라도 있어?"

"전혀 없습니다."

"그래? 근데 왜 이번에도 엿 먹이려 그랬어?"

"소울 스토에서는 엿을 판 적이 없습니다만……."

"500링크짜리 영혼의 능력을 받아들이려면 영력이 얼마나 필요한지는 얘기 안 했잖아."

"……!"

라헬의 미소 짓는 얼굴 위로 식은땀이 흘러내렸다.

"평소에는 늘 얘기해 줬었잖아. 각 영혼에 필요한 링크와 영력. 그런데 오늘은 영력에 대해서는 쏙 빼놨지. 게다가 영혼들의 능력도 대충대충 설명하고서 어떻게든 빨리 팔려고 정신없었잖아."

"착각입니다."

이게 진짜 죽을라고.

"착각일 리가 있냐고!"

지금 내 영력이 9다.

그런데 11의 영력을 필요로 하는 영혼을 덜컥 사버리면 그 영혼의 능력을 흡수하지 못한다.

즉 링크만 버리게 되는 것이다.

라헬은 바로 그걸 노렸다.

"휴우, 영혼은 됐고 다른 것부터 보자."

"골드바를 보여드릴까요?"

"아티팩트는 없어?"

"보유하신 링크로 구매 가능한 아티팩트는 없네요."

"그래? …거짓말 아니지?"

"그런 걸로는 거짓말 안 한답니다~"

아티팩트의 가격이 갑자기 확 치솟았다.

600링크 이상 들고 가면 새로운 아티팩트 하나 정도는 살 수 있을 거라 생각했었는데.

그럼 어쩔 수 없이.

"다음에 올게."

내가 소울 스토어를 빠져나가려 하자 라헬의 얼굴에서 미소가 싹 사라졌다.

녀석이 고개를 휘휘 저으며 어깨를 으쓱했다.

"그럼 그렇지. 내가 뭘 바라겠어."

"뭐라고?"

"뭐 살 거 아니면 빨리 가보세요, 지웅 씨."

조금 전까지는 고객님이라더니 이제는 지웅 씨란다.

하여튼 저 정신병자 같은 놈.

"안 그래도 갈 거다."

난 소울 스토에서 나와 현실로 돌아왔다.

그때 마침 노크 소리가 들렸다.

똑똑.

"누구세요?"

내가 묻자 문이 벌컥 열리며 설열음이 얼굴을 내밀었다.

"들어가도 될까요?"

"…문을 열기 전에 물어봐야죠, 그런 건."

"들어가도 된다는 말이네요."

설열음이 대기실로 들어왔다. 그녀의 품엔 카시아스가 안겨 있었다.

"시합 잘 봤어요. 굉장하던걸요."

일정한 목소리 톤으로 무미건조한 표정을 지으며 그렇게 말해봤자 하나도 굉장하게 안 느껴진다.

"그보다 궁금한 게 있는데, 패배한 나이트는 어떻게 되는 거죠?"

이랑이의 상태가 걱정되어 죽을 지경이다.

"상태가 양호할 경우 모든 경기가 끝나자마자 노예 수속을 밟지만 상처가 심할 경우 회복실로 옮겨져 하루 동안 치료를 마친 후에 노예 수속을 밟게 돼요."

"회복실에서 치료를 해준다구요?"

"네, 하지만 대수술을 한다거나 그런 건 아니에요. 그냥 목숨을 부지할 수 있을 정도의 응급처치만 해주는 게 전부죠."

안 된다.

이랑이는 지금 응급처치만 했다가는 평생 불구로 살아야 한다.

그건 내가 용납할 수 없다.

"1회전의 모든 시합을 끝내려면 얼마나 걸립니까?"

"남은 건 두 팀이니까 삼십 분 정도예요."

"그다음에 바로 2회전이 시작되나요?"

"10분간 휴식을 가지면서 2회전에 출전할 의사가 있는 사람들을 차출해요."

"알겠어요."

"2회전에 나가실 생각이세요?"

"네."

"1회전이 끝났으니 여기서 그만두면 칠백만 원가량을 받을 수 있어요. 배팅이 그만큼 많이 됐어요."

"안 받아도 돼요."

"그래요, 건투를 빌게요. 그럼 달봉이는 제가 조금 더 데리고 있어도 괜찮을까요?"

난 카시아스를 슬쩍 바라보았다.

[그렇게 해도 된다고 말해라.]

[왜? 그 여자한테 반했냐?]

[무슨 그런 거지 같은 소리를. 이 계집이 날 데리고 콜로세움의 구석구석을 돌아다니더군. 파악할 수 있는 정보들이 많다.]

그런 거였군.

난 설열음에게 고개를 끄덕였다.

"그러세요."

"고마워요, 지웅 씨. 그럼 2회전 시작 전까지 푹 쉬세요."

설열음이 대기실을 나가고 난 혼자가 되었다.

*　　*　　*

난 전투가 끝났지만 망가진 모니터로 계속 시합을 관전했다.

2회전에서 지금 시합을 치르는 누군가와 붙어야 할지도 모르기 때문이다.

적을 알면 나쁠 게 하나도 없는 법이다.

7시합의 승자와 8시합의 승자가 가려졌다.

1회전의 모든 시합이 끝나고 드디어 2회전의 막이 오르려 하고 있었다.

대기실의 문이 열리고 설열음이 아닌 주최 측의 진행 요원이 날 데리러 왔다.

난 그를 따라 움직였다.

진행 요원은 붉고 긴 복도의 끝에 있는 방문까지 날 인도했다.

문을 열고 들어서니 내가 있던 곳보다 열 배는 큰 공간이 나왔다. 거기엔 두 사람이 미리 와서 날 기다리고 있었다.

한 명은 1회전 7시합에 승리한 나이트 방콕이었다.

닉네임도 그렇고 생김새도 그렇고 타이 사람이 틀림없었다.

키는 나보다 작고 덩치도 왜소했지만 방콕은 킥복싱과 주짓수를 섞어 놓은 듯한 기술로 상대방을 떡으로 만들어 놓았다.

급소를 때리고 관절을 뽑고 눈이나 고환처럼 물렁한 곳은 죄다 터뜨린 뒤, 전의를 상실한 상대의 목을 한 바퀴 돌려 죽였다.

그러더니 자신의 손에 묻은 죽은 사람의 피를 핥으며 광소했다.

지금도 놈은 서늘한 미소를 머금고 있었다.

'미친놈이야.'

이 녀석과 붙게 된다면 누구 한 명은 죽는다는 생각으로 싸워야 할 것 같았다.

그리고 대기실에 있는 다른 한 명은… 블레이드였다.

놈의 얼굴을 보자마자 속에서 불이 끓어올랐다.

하지만 꾹 참고 대기실에 들어섰다.

그때, 스피커에서 사회자의 음성이 흘러나왔다.

—곧 제2회전 1시합을 시작하겠습니다. 제비뽑기로 인해 2회전 1시합을 치를 나이트는 어벤저와 블레이드로 정해졌습니다. 나이트 방콕은 대전 상대가 없으므로 매드 맨과 붙게 됩니다.

"크큭, 매드 맨이든 뭐든 다 오라 그래. 씹어 먹어줄 테니까."

방콕은 여유를 부리며 말했다.

난 이제 방콕에게 신경을 완전히 끄고서 블레이드만 노려봤다.

내 눈에 어린 분노를 읽었는지 블레이드가 한마디를 했다.

"어차피 시합 나가면 피 튀기게 싸울 거야. 지금부터 힘 빼지 마."

맞는 말이다.

시합에서 죽여 주마, 블레이드.

Chapter 5
어벤저 VS 블레이드

나와 블레이드는 경기장에 나와 서로를 마주보고 섰다.

블레이드에게서 풍기는 날카로운 기도가 내 전신을 들쑤셨다.

전 같았다면 벌써 위축이 되어 공포에 떨기 바빴을 것이다.

태진이 패거리한테도 한 번 대들지 못해 빵 셔틀을 해야 했던 나니까.

한데 지금은 육신이 강해지는 것과는 별개로 정신도 강해졌다.

아니, 정확히 얘기하자면 깡이 생겼다고 해야 할까? 아니면 성격 자체가 조금 변한 거라고 하는 게 맞을까.

내가 카시아스를 만나 힘을 얻게 된 건 끝나가는 가을 무렵이다. 그리고 오늘은 11월 16일.

그 얼마 안 되는 짧은 시간 동안 강해졌다는 이유 하나로 성격이 변한다는 건 무리가 있다.

물론 제법 영향은 끼쳤겠으나, 내가 전과 달라진 데에는 소라스와 바레지나트의 퀘스트를 실행하면서 그들의 인격을 대리 체험했던 것이 결정적 요인이 된 게 아닐까 싶다.

소라스도, 바레지나트도 현실의 나와는 달리 상남자라 할 수 있을 만큼 거친 인간들이었다.

말투도 험하고 성격은 불같았다.

죽음을 두려워하지 않았고 불의에 굴함이 없이 맞섰다.

내가 그런 이들이 되어 살아보니 현실의 내 성격과는 괴리감이 많았다.

나는 닮고 싶었다.

지금의 내 모습을 버리고 그들처럼 강단 있는 사람이 되고 싶었다.

그 바람은 결국 내 성격을 변화시켰다.

그 덕분에 킬러 앞에서도 그리고 블레이드 앞에서도 전혀 기죽지 않고 당당히 설 수 있는 것이다.

—지금부터 제2회전 1시합을 시작하겠습니다. 이번 시합에서

도 지는 쪽은 가장 높은 배팅을 한 귀족의 노예가 됩니다. 그럼 즐거운 전투를 부탁드리지요, 나이트 여러분.

사회자의 말이 끝나자 블레이드가 움직였다.

그는 민첩하게 달려오며 아무것도 없는 양손을 휙 털었다. 그런데, 갑자기 오른손에서 단검이 튀어나와 내게 날아들었다.

'눈속임이군.'

소매 속에 숨겨 놓은 단검을 던진 것이다.

애들 장난 같은 짓이다.

바람을 가르며 날아든 단검을 낚아채, 그대로 돌려 블레이드에게 되던졌다.

쐐애애애액!

단검은 날아오던 속도보다 빠르게 날아갔다.

질풍처럼 달려오던 블레이드가 눈을 부릅뜨며 허리를 아래로 굽혔다.

단검이 그의 머리카락을 스치며 지나갔다.

녀석이 주춤하는 사이, 내가 앞으로 달려 나갔다.

바레지나트의 민첩성을 블레이드는 따라오지 못했다.

나는 놈보다 훨씬 빨랐다.

덥석!

갑자기 코앞에 나타난 날 본 블레이드의 얼굴에 당황함이 어렸다.

몸을 뒤로 빼려는 놈의 멱을 잡았다.

그리고 주먹을 휘둘렀다.

빡!

"……!"

블레이드가 안면을 정통으로 얻어맞고 코피를 흘렸다.

녀석이 아무리 빠르고 강하다고 해봤자 인간의 몸이다.

하지만 내 육신은 인간의 한계를 훨씬 초월했다.

빠악! 빡! 빠아악!

연달아 세 방의 주먹을 더 얼굴에 꽂아 넣었다.

"우워어어어!"

속수무책으로 얻어맞기만 하던 블레이드가 괴성을 질렀다.

놈이 멱을 쥔 내 손을 잡고 바닥을 차 허공에 떴다. 그 상태로 공중제비를 돌며 내 팔을 꺾으려 했다.

그러나 그건 최악의 선택이었다.

"낭아권!"

킬러와의 대결에서는 사용하지 않았던 낭아권을 시전했다.

말아 쥐고 있던 왼 주먹이 대포알처럼 튀어 나가며 허공에 거꾸로 뜬 블레이드의 명치를 가격했다.

퍼억!

"크허어……!"

블레이드가 입에서 피와 부러진 치아들을 토해내며 뒤로 날아갔다.

난 이번에 손속에 사정을 두지 않았다.

낭아권을 제대로 얻어맞은 블레이드는 총을 벗어난 총알처럼 날아가 경기장 벽에 등을 부딪쳤다.

콰아앙!

"쿨럭!"

철벽에 부딪친 블레이드가 피를 토하며 대자로 뻗었다.

하지만 이 정도로 놈이 끝날 거라고 생각하지 않는다.

블레이드는 지금까지 내가 만나본 인간들 중에 가장 강하다.

물론 내 입장에서 보자면 그래봤자 연약한 인간일 뿐이다.

"크흑……."

놈이 비틀거리며 몸을 일으켰다.

어느새 양손엔 단검이 쥐어져 있었다.

날 노려보며 단검을 들어 올린 블레이드.

"크흐… 크흐윽!"

피를 토하고 신음을 몰아쉬면서도 눈빛만큼은 죽지 않았다.

그래, 그 정도로 무너지면 안 되지.

넌 더 고통 받아야 하니까!

난 블레이드에게 달려갔다.

녀석이 자세를 취하고 한 손에 든 단검을 역수로 쥐어 허벅지에 붙였다. 그리고 다른 손은 앞으로 쭉 내밀었다.

이랑이에게 썼던 수법이다.

이미 알고 있는데 당할 바보는 없다. 아니 설령 모르고 있었다고 해도 난 당하지 않는다.

녀석이 오른손으로 단검을 던지는 척 모션을 주고 왼손의 단검을 던지려 했다.

그 순간 이미 난 블레이드의 지척에 다다라 있었다.

한데 그것조차도 페이크였다.

블레이드는 다시 오른손의 단검을 던졌다.

안타깝게도 속임수는 그 교묘한 수를 제대로 읽지 못하는 사람들에게나 통하는 법이다.

탕!

날아드는 단검을 쳐냈다.

블레이드가 왼손의 단검을 날리며 빠르게 몸을 회전시켰다.

그리고 새로 꺼내 든 두 개의 단검을 내 가슴과 목을 향해 휘둘렀다.

난 날아든 단검마저 쳐내고 놈이 휘두른 단검 두 자루를 그대로 맞아주었다.

카캉!

단검은 아이언 스킨으로 강철처럼 단단해진 내 피부에 흠집 하나 내지 못했다.

블레이드가 놀라서 눈을 홉떴다.

"낭아권!"

한 번 더 낭아권을 시전했다.

빠어어억!

이번엔 주먹이 블레이드의 턱에 작렬했다.

"크악!"

블레이드가 뒤로 날아가려는 순간.

턱!

허공에 붕 뜬 다리를 잡아 땅으로 메쳤다.

콰앙!

"크허억!"

하늘을 보고 쫙 뻗은 블레이드의 복부를 발뒤꿈치로 내리찍었다.

빽!

"……!"

블레이드는 숨이 턱턱 막히는지 제대로 된 고함도 지르지 못한 채 몸을 웅크렸다.

"아직 끝나려면 멀었다."

이랑이에게 한 짓을 생각하면 내 가슴에 가득 찬 분노를 달래기엔 부족하다.

블레이드는 내게 계속 얻어맞는 와중에도 단검을 놓지 않았다.

난 놈의 오른 손목과 왼 손목을 동시에 잡고 힘을 주었다.

두두둑! 두둑!

“크아아아아악!”

녀석의 양 손목이 가루가 되었다.

자연히 놈의 손에서 힘이 빠지며 단검을 놓쳤다.

단검 두 자루를 집어 들고 날끼리 부딪쳐 강하게 긁어내렸다.

그러자 타타탁! 하며 불씨가 튀었다.

그 순간.

“번!”

화 속성 초급 마법 번을 시전했다.

시전어가 튀어나가는 순간 작게 튀던 불씨가 크게 불어났다.

그것을 조종해 블레이드의 상의에 옮겨 붙게 했다.

화르르륵!

블레이드의 상의가 활활 불타기 시작했다.

“으아… 으아아아악! 아아악!”

블레이드는 괴로워하며 비명을 질러댔다.

드디어 녀석의 입에서 나오는 소리가 공포에 질려가고 있었다.

난 버둥거리는 녀석의 오른쪽 발을 잡아 단검으로 아킬레스건을 끊었다.

서걱.

"끄으아아아아아! 으아아아아악!"

잘린 부위에서 피가 흘러나왔다.

블레이드는 잘린 부위가 아픈 건지, 타들어가는 몸이 아픈 건지, 미치도록 소리치며 바닥을 데굴데굴 굴렀다.

하지만 내가 마법으로 제어하고 있는 불길은 쉽게 사그라들지 않았다.

상의를 태우고 살을 녹이고, 머리카락과 눈썹을 모조리 태워먹은 불길이 이제는 얼굴로 옮겨 가고 있었다.

안타깝게도.

화르륵~!

그 순간 내 영력이 전부 소모되어 불이 꺼졌다.

"흐… 끄으으으……."

블레이드는 전신에 화상을 입고 양 손목이 부러지고 오른쪽 아킬레스건이 끊긴 채로 바들바들 떨었다.

난 놈의 얼굴을 걷어찼다.

퍽!

"크어……."

이젠 소리칠 힘도 없는 모양이었다.

블레이드는 곧 죽을 것처럼 시들거렸다.

난 그런 블레이드의 앞에 쪼그려 앉아 놈을 매섭게 쏘아보며 말했다.

"죽이지 않는다. 병신이 된 몸으로 평생 노예 짓거리나 해라."

내 안의 어디에서 그런 독이 튀어나왔는지 모르겠다.

소라스? 바레지나트?

누가 내 인격에 더 큰 영향을 미친 건지는 알 수 없지만, 지금은 그 독을 심어준 것이 고마웠다.

그렇지 않았다면 이랑이를 반불구로 만들어 버린 블레이드를 어설프게 용서했을지도 모른다.

사실 정말로 용서할 자신도 없으면서 말이다.

몸을 일으켜 블레이드를 등지고 경기장을 나서려 했다.

그런데.

우와아아아아아아아아아—!

객석에서 우레와 같은 함성이 들려왔다.

"멋지다!"

"으하하하하! 죽이는 것보다 더 잔인한데!"

"3회전도 나올 건가? 기대하지, 어벤저!"

"미친 복수의 화신이 나타난 건가?"

"방금 그 불은 어떻게 일으킨 거야?"

"정말 크레이지한 녀석이 등장했어! 앞으로 난 저 미친 자식한테 건다!"

이른바 스스로를 귀족이라 칭하는 관객들은 난리가 났다.

그들은 블레이드를 잔인하게 응징한 내 행동에 찬사를 보냈다.

"진짜 미친놈들이야."

더럽다.

이곳은, 지독하게, 더럽다.

띠링!

—이번에도 지웅 님께 도움 받은 사람들이 고마움의 마음을 보내왔네요. 선행을 쌓아 418링크가 주어집니다.

…역겹다.

* * *

"삼 회전도 진출하실 건가요? 방금 전 시합에서 승리했으니 가져갈 수 있는 돈은 육백만 원 정도 되네요."

설열음이 카시아스를 품에 안고서 대기실로 찾아와 물었다.

1회전 시합에서는 팔백만 원 정도 가져갈 수 있다고 하더니, 2회전 시합에서 오히려 액수가 줄어들었다.

이 액수는 객석의 관객들이 배팅하는 금액에 따라 달라진다.

“삼 회전 출전할 거예요.”

“다행이네요.”

…뭐? 지금 뭐라 그런 거야?

“방금 다행이라고 했어요?”

“네.”

“제정신이에요? 왜 다행이라고 한 겁니까?”

다운 타운에 진력이 나니 설열음도 고깝게 보였다. 그런데 심히 신경 거슬리는 말까지 내뱉는다.

그렇다 보니 내 입에서 나오는 말투도 자연스레 까칠해졌다.

하지만 설열음은 별다른 타격을 받지 않았는지 평소처럼 무감정한 음성으로 되물었다.

“그냥요.”

한데 마지막에 목소리가 살짝 떨렸다.

그리고 카시아스를 안은 팔에 힘이 들어갔다.

혹시…….

“카시아스랑 조금 더 있고 싶어서? 그래서 내가 3회전에 나가길 바라는 겁니까?”

“…그래요.”

“하, 너무하네.”

이 여자도 제정신이 아니다.

자기가 고양이랑 더 있고 싶다고 목숨이 걸린 시합에 한 번 더 나가길 바라다니?

다운 타운은 제정신 박힌 인간이 올 곳이 못 된다.

"3회전은 나갈 건데, 달봉이는 이제 저한테 주시죠."

"어차피 시합엔 데리고 나가지 못할 텐데, 제가 보살피고 있을게요."

"싫어요."

"지웅 씨 고양이도 아니잖아요."

"제 고양이 맞아요."

"아까는 모르는 고양이처럼 대했잖아요."

"그때부터 제 고양이 삼기로 했어요."

설열음의 미간이 살짝 구겨졌다.

그녀는 볼을 조금 부풀리고서 뭔가에 잔뜩 심통 난 아이 같은 얼굴로 날 바라봤다.

그러다 작은 한숨을 폭 내쉬더니, 다시 평상시 같은 표정으로 돌아왔다.

설열음이 카시아스를 내게 내밀었다.

"데려가세요."

그녀는 언제 그랬냐는 듯 평소처럼 무감정한 태도로 돌아왔다.

난 카시아스를 넘겨받았다.

"건투를 빌게요. 전 이만."

설열음이 차갑게 뒤돌아서 가버렸다.

카시아스가 아쉽다는 듯 입맛을 다셨다.

[쩝, 조금 더 둘러볼 수 있었으면 좋았을 텐데.]

[봐서 뭐해, 이런 더러운 곳.]

[열폭하는 거냐?]

이 자식이 지금 열폭의 뜻이 뭔지나 알고 말하는 거야?

열등감 폭발한다는 걸 열폭이라고 한다.

아주 잘못된 인터넷 용어다.

[내가 여기서 열폭해야 할 이유가 뭐가 있어? 그냥 다 짜증나. 이랑이가 여기에 와서 다친 것도, 그걸 보며 즐거워하는 거지 같은 인간들도.]

[그런 개인적인 감정들을 싹 지우고 보면 다운 타운은 상당히 흥미로운 곳이다. 지상의 지구보다 훨씬 발달한 과학이 존재하고, 그것을 오로지 쾌락과 욕망을 채우는 데에만 이용하는 인간들이 존재하지.]

[그게 기분 더럽다는 거야.]

[다운 타운을 알게 된 사람 중 십 퍼센트 정도는 너처럼 생각하겠지. 그리고 십 퍼센트는 기회의 땅이라 생각할 테고, 나머지는 이곳을 천국이라고 생각할 거다.]

이 똥고양이가 무슨 말을 하는 거야?

[뭔가 말이 좀 이상한데?]

[이상하지 않아.]

[아니, 이상해. 다운 타운을 알게 된 사람 중 십 퍼센트는 나처럼 불쾌해할 거라는 건 인정해. 대부분이 나이트의 자격으로 여기에 오게 된 이들이겠지. 그리고 이곳을 천국이라고 생각하는 사람들… 그 녀석들은 필시 귀족이라 불리는 관객 놈들이겠지. 나처럼 나이트의 자격으로 온 게 아닐 테니 살판나겠지. 돈만 있으면 인간의 원초적인 욕망과 욕구에 충실할 수 있는 곳이니. 그런데… 이곳을 기회의 땅으로 생각한다는 건 무슨 말이야?]

도무지 이해가 가질 않는다.

내가 따져 물으니 카시아스가 담담하게 대답했다.

[네가 시합에 나갔을 때 설열음에게 전화가 한 통 왔다. 다운 타운 혹은 데스 파이트를 관리하고 있는 상부의 사람과 전화를 하는 것 같더군.]

[그런데?]

[설열음이 이런 말을 했다. '근 삼 개월간 귀족의 작위를 단 나이트가 단 한 명도 없었다고.]

[귀족의… 작위를 단 나이트?]

[그래. 나이트들도 다운 타운에서 귀족이 되는 방법이 있는 모양이야. 그게 돈인지 다른 무엇인지는 모르겠지만.]

…무슨 말인지 알겠다.

딱 봐도 다운 타운의 귀족들은 어마어마한 부호들이다.

그런 이들과 똑같은 귀족이 되어 면을 트고 지내게 된다면 그 인연 자체가 곧 엄청난 백이 될 것이다.

물론 귀족이 된 첫날부터 그럴 순 없겠지.

귀족 딱지를 달게 되는 순간 기회의 땅에 첫발을 디딘 것이고, 그 이후로 다른 귀족에게 무시당하지 않으면서 좋은 연을 맺을 수 있도록 다시 노력해야겠지.

하지만 어떠한 노력을 들이든 저들과 손을 잡을 수 있다면 그 순간 인생이 달라질 건 분명했다.

[그래도 구역질 나는 곳이라는 생각엔 변함이 없어.]

[하지만 난 점점 더 흥미로워, 이곳이.]

[뭣 때문에?]

[과연 다운 타운은 인간의 변태적인 욕망을 채우기 위해서만 만들어진 장소일까? 그 뛰어난 과학기술로 하는 짓거리가 고작 이거라고? 콜로세움은 다운 타운의 진짜 설립 목적을 감추기 위한 수단에 불과하다는 게 내 생각이다. 콜로세움 이면에 감춰진 다운 타운의 진짜 설립 목적이 뭔지, 그게 궁금해. 다운 타운을 만든 인간들은 무얼 하려는 것일까?]

카시아스가 그렇게 얘기하니 나도 의문이 들었다.

설열음은 여기는 콜로세움을 위해 만든 장소이고, 진정한 다운 타운이 아니라고 했었다.

그럼 그곳은 어떤 모습인 걸까.

그리고 거기에서 지내는 사람들은 어떤 인간들이고, 무슨 목적으로 이런 지하 세계를 만든 것일까.

갑자기 궁금한 게 많아졌다.

그때.

똑똑.

노크 소리가 들리고 문이 열렸다.

아까 내 대기실을 찾았던 진행 요원이었다.

그가 물었다.

"3회전에 출전하실 겁니까?"

"네."

"따라오십시오."

*　　　*　　　*

진행 요원을 따라 난 전의 그 큰 대기실로 향했다.

그런데 대기실에 나 혼자밖에 없었다.

뭐지?

방콕이 보이지 않았다.

아직 시합이 끝나지 않은 건가?

아니다.

모든 나이트의 시합이 끝난 뒤에라야 진행 요원이 이 대기실로 안내를 해준다.

'그럼 2회전에서 이기고 3회전에 나가지 않기로 했나?'

아까 봤던 방콕의 이미지는 전혀 그렇지 않았다.

살육을 즐기는 것 같은 녀석이었다.

그럼 이겼는데 3회전에 출전하지 않았다는 건 무리가 있다.

해서, 지금 상황에 가장 그럴듯한 건 방콕이 2회전에서 매드 맨에게 졌다는 가정이다.

'모니터를 좀 볼걸.'

설열음과 말다툼을 하다 성질이 나서 모니터를 확인할 생각도 못했다.

혼자서 시간을 죽이고 있을 때, 진행 요원 한 명이 대기실로 들어왔다.

"나이트 어벤저?"

"네."

"3회전 참가자는 나이트 어벤저 혼자입니다."

"방콕은요?"

"나이트 방콕은 2회전에서 매드 맨과 전투를 벌이다 사망했습니다."

…역시, 그랬어.

그나저나 방콕도 블레이드와 동급 혹은 그 이상의 실력은 있는 듯했다.

그런데 매드 맨에게 졌다니.

'다운 타운에서 만들어낸 전투에 미친 광인이라 그랬었나?

녀석들이 제법 강한 모양이다.

"따라서 나이트 어벤저는 3회전에서 매드 맨과 싸워야 합니다. 그래도 출전하시겠습니까?"

"3회전까지 승리하면… 분명히 세이브 카드를 주는 거지?"

"드립니다."

"출전하겠어."

매드 맨이라는 놈이 아무리 강해봤자 인간이다.

이길 자신이 있었다.

"알겠습니다. 그럼 바로 출전하시죠."

난 진행 요원을 따라 다시 경기장으로 향했다.

그의 뒤에서 적당한 거리를 두고 걸으며 나직이 말했다.

"마인드 탭."

이름 : 유지웅

소속 : 지구, 대한민국

성별 : 남

나이 : 19

영력 : 9/9

영매 : 8

아티팩트 소켓 2/2

보유 링크 : 1,048

보유 링크가 1,048이다.

새로운 영혼을 사려면 우선은 영력을 업그레이드시켜야 한다.

영력 탭을 터치했다.

영력 : 9

영력을 10으로 업그레이드하시겠습니까?

업그레이드 비용은 120링크입니다.

[Yes/No]

당연히 업그레이드지.

예스를 터치.

영력은 10이 되었고, 11로 업그레이드하려면 150이 더 든단다. 이것도 예스를 터치.

영력 : 11

영력을 12로 업그레이드하시겠습니까?

업그레이드 비용은 170링크입니다.

[Yes/No]

업그레이드 비용이 점점 내 허리를 휘게 만드는구나.

영력은 11까지면 됐다.

이제 남은 링크는 778.

500링크의 영혼과 250링크의 영혼을 하나씩 살 수 있다.

하지만 당장의 전투에서 굉장한 궁술과 굉장한 리더십은 그다지 도움 되는 능력이 아니었다.

내가 활을 들고 싸우는 게 아니니 굉장한 궁술은 사나 마나고, 리더십 역시 서로 죽이겠다고 덤비는 상대에게 먹힐 종류의 능력이 아니었다.

그렇다면 아티팩트는 어떨까?

"소울 커넥트."

난 경기장으로 향하다 말고 소울 스토어에 접속했다.

*　　*　　*

"그새 돈을 불려 오셨네요?"

라헬이 눈을 반짝반짝 빛냈다.

녀석이 손을 딱 튕기자 네 개의 영혼이 나타났다.

"어떤 영혼으로 사실 건가요?"

"됐고, 아티팩트를 보여줘."

"네? 아티팩트요? 좋은 능력이 많은데, 아티팩트는 뭐하러 보려고 하세요. 자자, 저는 개인적으로 쟈비아의 능력을 추천…….”

“내가 가진 링크로 살 수 있는 아티팩트가 있어, 없어?”

“…있는데요.”

이 자식이 하여튼 뭘 사러 올 때마다 수작질이야.

“그럼 당장 보여줘.”

“그러죠.”

라헬이 다시 손을 튕겼다.

그와 동시에 내 앞에 엄지손가락만 한 투명한 유리병이 나타났다.

병 안에는 맑은 물이 가득 차 있었다.

“이게 뭐야?”

“인피니트 포션(Infinite Potion)이에요.”

“인피니트 포션?”

그대로 직역해 보면 무한의 묘약이라는 뜻인데.

라헬은 심드렁한 얼굴로 대강대강 설명을 해나갔다.

“이 병에 들어 있는 건 힐링 포션이랍니다. 다친 곳을 낫게 해주는 마법의 약이죠. 한 번 음용한 뒤, 뚜껑을 닫아놓으면 저절로 힐링 포션이 다시 차게 되는데, 그 기간이 한 달 정도 걸려요.”

뭐? 그거 엄청 좋잖아!

게다가 지금 내게 가장 필요한 아티팩트야!

“효과는? 어느 정도지?”

"뭐, 이걸 마시면 어지간한 내상, 외상은 다 낫긴 하는데 지웅 님은 아이언 스킨까지 얻으셨으니 별로 다칠 일이 없잖아요? 사봤자 돈 낭비라고 사료되는데요?"

"늘 얘기했잖아. 그런 건 내가 판단한다고."

"…정말 지웅 님한테는 아무짝에도 필요 없는 이 쓰레기 같은 아티팩트를 사겠다구요?"

"응."

내가 조금의 망설임도 없이 단호하게 대답하자 라헬의 미간에 세로줄이 새겨졌다.

"진심이세요?"

"응."

그러자 라헬이 미간을 폈다.

대신 눈을 휘둥그레 떴다.

얼굴에서는 표정이 싹 사라졌다.

그 모습이 기괴하기 그지없었다.

"…그래요? 정말 사겠다는 거죠?"

이 자식이 오늘따라 끈질기네.

다른 날보다 분위기도 더 무겁고.

"사겠어."

라헬이 말없이 날 바라봤다.

그렇게 한참 동안 침묵을 지키던 그가 갑자기 빙긋 미소 지었다.

"그러세요, 그럼. 700링크 잘 받아갈게요."

도대체 왜 저러는 거야?

매번 내게 필요 없는 능력을 팔려고 하는데, 그렇게 해서 저놈한테 뭐가 남는 건지 도통 모르겠다.

'오늘은 유독 기분 나쁘네.'

난 코앞에서 부유하고 있는 인피니트 포션을 쥐었다.

그러자 라헬이 고개를 삐딱하게 모로 꺾고서 팔짱을 끼고 날 쳐다봤다.

잘 가라 마라 인사도 없었다.

그 상태에서 소울 스토어와의 접속이 끊겼다.

Chapter 6
세이브 카드

라헬 때문에 찝찝한 기분을 떠안은 채 경기장으로 향했다.
난 인피니트 포션의 설명을 보기 위해 마인드 탭을 열었다.
"마인드 탭."

이름 : 유지웅

소속 : 지구, 대한민국

성별 : 남

나이 : 19

영력 : 11/11

영매 : 8
아티팩트 소켓 3/2
보유 링크 : 78

아티팩트 소켓을 터치했다.

팅.

아티팩트 소켓 : 3/2

착용 중인 아티팩트

—레이븐 링

—비욘드 텅

보유 중인 아티팩트

—레이븐 링 : 레이브란데가 만든 반지. 반지를 착용한 자는 자신이 사들인 영혼의 능력을 타인에게 전이할 수 있다.

—비욘드 텅 : 레이브란데가 만든 목걸이. 링크로 사들인 영혼의 능력을 십수 배 이상 강화시킬 수 있다. 단, 강화 유지 시간은 30분이며, 하루에 한 가지 능력밖에 강화할 수 없다. 강화시킨 능력의 유지 시간이 끝나면 그날 하루는 그 능력 자체를 사용할 수 없게 된다.

—인피니트 포션 : 레이브란데가 절명의 미궁에서 발견한 고대의 아티팩트다. 인피니트 포션은 자체적으로 힐링 포션을 만들어낸다. 힐링 포션이 생성되는 기간은 한 달이다. 힐링 포션이 효력을 발휘하려면 반드시 병에 가득 채운 다음 그것을 전부 마셔야 한다. 만약 힐링 포션이 병에 가득 채워지지 않았는데 마시거나, 가득 채워졌다 하더라도 전부 마시지 않는 경우, 아무런 효력을 발휘하지 않는다. 인피니트 포션의 효과 범위는 신체의 일부가 완전히 잘려나가지 않은 한 모든 상처를 치료할 수 있다. 단, 상처가 난 지 2시간이 지나지 않아야 한다.

아티팩트 소켓을 업그레이드하시겠습니까?
업그레이드 비용은 200링크입니다.
[Yes/No]

'그래, 이거야!'

이랑이가 상처를 입은 지 이제 겨우 한 시간 정도밖에 지나지 않았다.

'매드 맨을 최대한 빨리 제압하고 이랑이에게 힐링 포션을 먹여야 돼.'

난 소울 스토어에서 산 인피니트 포션을 상의 안주머니에 잘 넣고 단추를 잠갔다.

문제는 아직 아티팩트 소켓이 2개밖에 없어서 인피니트 포션의 효능이 활성화되지 않았다는 것이다.

이대로 그냥 마셔 버리면 아무런 효과도 받지 못한다.

해서, 아티팩트 소켓을 업그레이드시켜야 하는데 지금 내 수중에 있는 링크는 78이 전부다.

'매드 맨을 이기면 또다시 링크가 들어오겠지.'

적어도 130링크 이상만 들어와 주면 된다.

제발 내게 돈을 거는 사람이 많기를 바라면서 경기장에 발을 들여놓았다.

*　　*　　*

매드 맨이 전투광인이라 우악스럽고 포악한 인간들일 거라 생각했다.

그런데 경기장에서 마주한 매드 맨은 그와 전혀 다른 이미지였다.

검은 정장을 말끔하게 차려 입은 거한의 대머리였다.

그것 말고 이렇다 할 특징은 없었다.

하지만 몸에서 풍기는 기도가 블레이드와는 또 달랐다.

그는 분명 블레이드보다 강했다.

대기실에서 한 번 마주했던 방콕도 이 녀석에게 당했다.

정확히 어느 정도 수준인 걸까?

—시합 시작하세요.

사회자의 멘트가 끝나자마자 매드 맨이 다가왔다.
뛰는 것도 걷는 것도 아닌 그 중간쯤의 속도로 성큼성큼 다가오는가 싶더니 한순간 속도를 높여 지척에 나타났다.
'빨라.'
내가 지금껏 상대했던 어느 인간보다 빠른 스피드를 자랑했다.
하지만 그 역시도 내가 잡아낼 수 있는 수준이었다.
쉭!
날 자신의 사정권에 둠과 동시에 망설임 없이 주먹을 뻗었다.
쉭!
난 피하지 않고 마주 주먹을 내질렀다.
지금 내 머릿속엔 이랑이를 어서 치료해야 한다는 생각뿐이었다.
상대방의 전력 분석이고 뭐고 그런 건 다 필요 없었다.
조금이라도 빨리 매드 맨을 작살낸다!
콰앙!
나와 녀석의 주먹이 맞부딪쳤다.

그리고 밀려난 건 매드 맨이었다.

하지만 놈은 굴하지 않고 계속 힘겨루기를 하려 들었다. 하룻강아지 범 무서운 줄 모르고 까불어대면 물어뜯어 줘야지!

내가 더욱 힘을 주어 주먹을 밀어붙였다.

그러자.

콰드득!

매드 맨의 손뼈가 모조리 부러졌다.

녀석이 그제야 주먹을 빼려 했다. 동시에 반대쪽 주먹을 내 옆구리에 박으려 들었다.

그 순간 난 내질렀던 주먹을 회수하지 않고 더 내질렀다.

빠르게 질러 나간 주먹이 그대로 매드 맨의 턱을 후려쳤다.

퍼억!

매드 맨이 옆으로 비틀거렸다.

덕분에 놈이 휘두른 주먹은 내 옆구리를 지나쳐 애꿎은 허공만 때렸다.

빡!

정강이로 놈의 허벅지를 걷어찼다.

안 그래도 비틀거리던 녀석이 무게 중심을 완전히 잃고서 주저앉았다.

난 그대로 날아올라 발뒤꿈치로 매드 맨의 정수리를 내리찍으려 했다.

그런데 매드 맨은 팔을 들어 올려 그것을 막았다.

콰앙!

우두둑!

정수리 대신 매드 맨의 팔이 아작났다.

그런데 이상한 건 놈이 비명 한 번 지르지 않는다는 것이다.

손뼈가 부서질 때도, 턱과 정강이를 맞았을 때도, 그리고 팔뼈가 부러진 지금도 신음을 흘리기는커녕 표정의 변화조차 없다.

그저 처음과 똑같이 무감정한 얼굴로 몸을 벌떡 일으켜 재차 공격을 시도할 뿐이다.

'고통을 느끼지 못하는 건가?'

매드 맨은 데스 파이트 관계자들이 전투만을 위해 만든 광인이라고 했다.

순간 머릿속으로 어렸을 때 봤던 홍콩 영화 한 편이 떠올랐다.

제목이 뭐였었지?

제대로 생각은 안 나지만, 그 영화의 주인공과 주인공이 속한 특수 부대는 고통을 느끼는 신경세포를 모두 끊어버린 이들이었다.

그래서 아무리 위험한 임무에도 용감하게 뛰어들어 해결하곤 했다.

당시에는 그게 말도 안 되는 일이라고 생각했다.

한데 세월이 지난 뒤, 멜로 영화를 한 편 봤는데 그 영화의 주인공은 선천적으로 고통을 못 느끼는 질병에 걸려 있었다.

그렇다면 과학적으로 고통을 느끼는 신경을 끊는 것도 충분히 가능하지 않을까 하는 생각이 들었다.

다운 타운에 들어선 지금은 백 퍼센트 가능하다는 게 내 결론이다.

이곳의 과학은 감히 내가 판단할 수 없을 만큼 크게 발전해 있었다.

'고통을 느끼지 못한다면 싸울 때 더욱 저돌적이 될 수 있겠지.'

지금 나와 싸우는 매드 맨처럼.

녀석은 망가지는 자신의 몸을 돌보지 않고 연이어 공격을 해댔다. 정강이 하나가 골절되어서 절뚝거리는 와중에도 멀쩡한 주먹을 내질렀다.

'확실히 블레이드보다 힘과 스피드 모두가 우위다.'

그러나 누누이 말했지만 내게는 아무런 의미가 없다.

개미 중에서는 힘이 약한 개미도 있고, 힘이 센 거대 개미도 있다.

하지만 사람 앞에서는 다 똑같은 개미다.

내가 보는 블레이드와 매드 맨이 그렇다.

콰앙!

난 녀석이 지르는 주먹을 피하면서 무릎을 쭉 들어 올려 턱을 날렸다.

턱을 제대로 맞으면 뇌가 흔들려 중심을 잡지 못한다는 얘기를 들었던 적이 있다.

매드 맨은 뒤로 주춤거리며 물러났다.

고통은 느끼지 못하지만 다리가 부러지면 절뚝거리고 뇌가 흔들리면 평형감각을 잃는다.

그것은 육체의 구조상 어쩔 수 없는 부분이다.

매드 맨은 뒤로 넘어질 듯 비틀대면서도 끝끝내 넘어지지 않았다.

난 왼발을 축으로 딛고 몸을 빠르게 회전시켰다. 그리고 오른발 뒤꿈치로 매드 맨의 턱을 다시 한 번 후려쳤다.

뻐억!

매드 맨의 턱이 아래로 툭 떨어지더니 덜렁거렸다.

뼈가 산산조각 난 것이다.

매드 맨은 그 상태로 허공에 붕 떠서 옆으로 날아 바닥에 떨어졌다.

'죽이지 않고 이기려면 기절시켜야 한다.'

매드 맨은 다시 일어나려고 했지만 몸이 말을 듣지 않는지 연거푸 넘어졌다.

난 그런 녀석에게 다가가 옆구리를 걷어찼다.

매드 맨의 몸이 반 바퀴를 핑 돌아 바닥에 대자로 뻗었다.

"끝이다."

꿈틀거리는 매드 맨의 뒷목을 손날로 내려쳤다.

퍽!

매드 맨이 사지를 파르르 떨었다.

그리고 이내 축 처졌다.

"후우우."

난 매드 맨에게 등을 돌리고 멀어짐으로써 그를 죽일 의사가 없음을 표했다.

그러자 진행 요원들이 달려와 매드 맨의 상태를 확인하고서 오케이 사인을 보냈다.

—3회전 시합이 끝났습니다! 결과는 나이트 어벤저의 승리입니다! 데스 파이트 첫 출전에 파죽지세로 3연승을 거둔 새로운 초신성의 등장을 박수로 환호해 주십시오!

사회자의 말에 객석에서 우레와 같은 함성이 터져 나왔다.

우와아아아아—!

동시에 머릿속에서 여인의 음성이 들렸다.

띠링!

—이번에도 시합에서 이겨주시는 바람에 여러 사람들이 고마워하고 있어요~! 축하드려요, 지웅 님~! 선행을 쌓아 312링크가 주어

집니다.

됐어!

이제 내가 보유하고 있는 링크는 총 390이다.

이걸로 소켓을 충분히 업그레이드할 수 있게 되었다.

—나이트 어벤저에게는 세 번의 파이트 머니로 배당액의 0.1 퍼센트인 만 오천삼백이십 달러가 지급됩니다.

15,320달러?

그럼… 원으로 환전했을 때, 대략 1,700에서 1,800만 원 정도가 된다.

난 오로지 이랑이를 구하기 위해서 싸웠던 것뿐인데 생각지도 못한 목돈이 들어오게 되었다.

—아울러 하루 동안 3회전의 시합을 모두 우승했으니 그에 대한 특전으로 현금 오만 달러, 혹은 세이브 카드 중 하나를 선택할 수 있습니다. 무엇을 선택하겠습니까?

지금 여기서 바로 선택해야 하는 건가?

관중들은 흥미진진한 표정으로 날 지켜보고 있었다.

내 선택은 처음부터 정해져 있었으므로 망설임 없이 대답했다.

"세이브 카드를 선택하겠어."

그러자 관중석이 술렁거렸다.

진행 요원 한 명이 내게 다가와 황금색의 얇은 카드 한 장을 내밀었다.

카드의 양면에는 세이브 카드라는 검은색 글자만 덩그러니 적혀 있었다.

그 외에 별다른 특징은 없는 카드였다.

내가 그것을 받자, 사회자의 말이 다시 이어졌다.

—세이브 카드를 선택했군요. 그것을 만약의 사태에 대비해 보관하시겠습니까, 타인을 위해 사용하시겠습니까?

아예 이 자리에서 끝장을 보라는 얘기군.

난 세이브 카드를 높이 들고 말했다.

"세이브 카드를 나이트 핸섬에게 사용하겠다."

—아~ 나이트 어벤저는 세이브 카드를 노예가 될 처지에 놓인 나이트 핸섬에게 사용했습니다. 이로써 나이트 핸섬은 노예에서 해방되었습니다. 나이트 핸섬의 주인이 될 예정이었던 귀족께

서는 참으로 안타깝겠네요. 하지만 규정은 규정, 어쩔 수 없음을 양해 부탁드립니다.

사회자의 멘트가 끝나자 객석에서 누군가가 욕설을 내뱉었다.

"젠장! 저 빌어먹을 새끼!"

난 소리가 난 쪽으로 고개를 돌렸다.

보통 사람 같았으면 경기장에 가득한 웅성거림 때문에 그 소리를 못 들었겠지만 지금의 내 청력은 이를 확실하게 포착했다.

"감히 내 노예를 해방시켜?!"

수많은 귀족 중 배가 불뚝 나오고 머리에 터번을 쓴 아랍계 콧수염 중년 사내가 양손을 휘저으며 악을 쓰고 있었다.

그가 이랑이를 갖게 될 귀족이었던 모양이다.

"절대로 그냥 넘어가지 않겠다!"

그냥 안 넘어가면 어쩔 건데?

—나이트 어벤저는 이만 퇴장해 주십시오.

앞으로 나 볼 일 없을 거다.

이랑이 데리고 나가면 두 번 다시 여기에 발도 붙이지 않을 거니까.

*　　　*　　　*

대기실로 돌아가니 설열음이 문 앞에서 날 기다리고 있었다.

그녀의 품엔 카시아스가 안겨 있었다.

저 자식이 뭐하자는 거야?

"잘 싸우시네요."

"그쪽이랑 말 섞기 싫습니다."

"대화 나누자고 온 게 아니니 너무 날 세우지 않아도 돼요. 따라와요. 나이트 핸섬이 있는 곳으로 안내해 드릴게요."

설열음은 마치 나와 아무런 일도 없었던 사람마냥 행동했다.

일말의 감정도 없이 얘기하고서는 쿨하게 등을 돌려 걸어갔다. 난 조금 찝찝한 마음으로 그녀의 뒤를 따라 걸었다.

그리고 카시아스에게 말했다.

[왜 또 거기 가서 안겨 있어?]

[내가 안긴 게 아니라 이 여자가 와서 안았다.]

[안아준다고 안기냐? 넌 자존심도 없어?]

[이 여자랑 감정싸움 한 건 너지, 내가 아니야. 그만 찡찡거려라, 사내자식이.]

[이건 아군인지 적군인지…….]

카시아스와 말싸움을 하며 걷다보니 설열음이 어느 방문 앞에서 멈춰 섰다.

난 미처 그걸 인지 못하고서 걷다가 가까스로 걸음을 멈췄다.

하마터면 그녀에게 부딪힐 뻔했다.

"여기가 의료실이에요. 나이트 핸섬은 이 안에 있어요."

설열음이 문을 열어주었다.

그러자 그 안으로 일반 병원의 응급실처럼 꾸며진 공간이 나타났다.

총 스무 개의 침대 중, 네 개의 침대에 부상자가 누워 있었다. 그중 한 명은 내게 심하게 당한 블레이드였다.

놈은 전신에 붕대를 감고서 산소호흡기를 낀 채 링거를 맞고 있었다.

나머지 둘은 별 관심 두지 않아도 되는 녀석들이었다.

난 이랑이에게 다가갔다.

이랑이의 상태도 좋지 않았다.

아킬레스건이 끊어진 다리에 깁스를 하고서 입에 산소호흡기를 착용했다.

얼굴은 부어터져서 엉망이었다.

"이랑아!"

이랑이의 몸을 흔들어 보았지만 녀석은 정신을 차리지 못했다.

주변을 둘러보았다.

저 멀리 구석에 의사 가운을 입은 중년 사내가 작은 책상 하나를 차지하고 앉아 있었다.

"저기요!"

내가 그를 불렀지만, 그는 날 한번 슥 보더니 모른 체했다.

"의사 선생님! 이랑이 괜찮은 겁니까?"

"……."

하지만 의사는 묵묵부답이었다.

내가 뭐라고 더 하려 하자, 설열음이 다가와 말했다.

"소용없어요. 닥터 챈의 임무는 다쳐서 실려 오는 부상자들을 응급처치하는 것뿐. 그 외엔 아무런 일도 하지 않아요. 그는 당신의 질문에 대답해주는 것도 일이라고 생각해요. 그래서 대답하지 않을 거예요."

뭐 저런 인간이 다 있지?

하여튼 다운 타운에 발 들이는 모든 놈들은 정상이 아니다.

데스 파이트 관계자들은 더더욱!

"마인드 탭."

"네?"

내 혼잣말에 설열음이 되물었지만, 무시했다.

마인드 탭을 열어, 아티팩트 소켓을 터치했다.

팅—

아티팩트 소켓을 업그레이드하시겠습니까?
업그레이드 비용은 200링크입니다.
[Yes/No]

'Yes' 를 터치해서 아티팩트 소켓을 업그레이드했다.
이제 인피니트 포션을 사용할 수 있다.
안주머니에 잘 넣어뒀던 것을 꺼내 뚜껑을 열었다.
병에 담긴 물에서는 희미한 빛이 일고 있었다.
"그건 뭐죠?"
설열음의 질문을 한 번 더 씹어 삼켰다.
이랑이의 산소호흡기를 떼어내고 입을 벌려 힐링 포션을 조금씩 부어 넣었다.
다행히 녀석은 그것을 모두 받아 넘겼다.
완전히 의식이 없는 건 아닌 모양이었다.
"이제 이랑이 내가 데려나가도 되는 거죠?"
"네."
난 이랑이를 들쳐 업고 나가려 했다.
순간 코앞에 황금빛 봉투 하나가 척 나타났다.
그걸 내민 건 설열음이었다.
"뭡니까?"
"파이트 머니예요. 챙겨 가세요. 이걸 전해주려고 기다렸던 거예요."

황금 봉투를 들고서 날 바라보는 설열음의 눈은 공허했다.

눈이 마음의 창이라면 그녀의 마음 역시도 텅 비어 있는 게 아닐까 싶다.

정말 특이한 여인이다.

잠시 멍하니 있자니 설열음의 품에 있던 카시아스가 황금 봉투를 입으로 낚아채 내 머리로 뛰어올랐다.

[어서 가자.]

[응.]

"그럼 이만. 다신 볼 일 없을 겁니다."

설열음은 카시아스의 행동에 충격을 먹었는지 좀 전과 달리 동요하는 얼굴이었다.

"달봉이… 따라가려고?"

카시아스는 설열음을 외면했다.

설열음이 애타는 시선을 달봉… 아니, 카시아스에게 보내다가 작게 한숨을 폭 쉬었다.

"그래, 잘 가. 그리고 마지막으로 전해드릴 게 있어요, 지웅 씨."

"빨리 말해요."

"혹 주변에 누군가를 추천하고 싶다면 전화기의 샵(#)버튼을 일곱 번 누르면 돼요."

"뭐라구요?"

"아마 어디로도 전화가 연결되지 않을 거예요. 그러니 그냥 끊으면 전화를 건 사람이 지웅 씨라는 게 확인되는 즉시 다시 전화가 갈 거예요. 그때 추천하고 싶은 사람의 이름, 나이, 성별, 사는 지역을 말씀해 주시면 돼요."

이 여자가 근데 끝까지…….

잠시 잊고 있던 분노가 확 하고 터졌다.

콰앙!

주먹으로 의료실 벽을 때렸다.

퍼서석.

대리석으로 만들어진 벽에 커다란 구멍이 뚫렸다.

그제야 내가 불러도 한 번 돌아보지 않던 의사가 힐끔 시선을 주었다.

하지만 관심 없다는 듯 이내 다시 고개를 돌렸다.

난 설열음을 노려보며 한 자 한 자 씹어 뱉었다.

"잘 들어. 누굴 추천하는 일도 없고, 다시 이곳에 발을 들이는 일도 없을 거야."

"인생은 어찌 될지 모르는 거니, 속단하지 말아요."

"입 그만 놀려. 이제 정말 참기 힘들 지경이니까."

"지웅 씨는 저한테 함부로 무력을 행사하지 않을 거라는 거, 알아요."

"속단하지 마. 인생 어찌 될지 모르는 거니까."

그 말을 마지막으로 의료실에서 나왔다.

피가 거꾸로 솟는 것 같다.

화가 진정되지 않아 내 심장은 빠르게 뛰는데, 이랑이의 호흡은 점차 차분해져 갔다.

*　　*　　*

콜로세움을 나오자마자 문제가 생겼다.

"집에 어떻게 돌아가지?"

홧김에 급히 나오긴 했는데, 돌아가는 법을 물어보지 않았다.

그렇다고 다시 돌아가서 설열음에게 어찌 돌아가는 것이냐 물어볼 수도 없는 노릇이었다.

잠시 패닉에 빠질 뻔한 찰나, 카시아스의 음성이 들려왔다.

[봉투 안에 포털이 있다. 아까 돈과 함께 집어넣더군.]

[그래?]

황금 봉투를 열어보았다.

그 안에는 두툼한 수표 뭉치와 작은 쪽지 하나, 그리고 육각 펜던트 모양의 포털이 들어 있었다.

'웬 쪽지야?'

쪽지를 꺼내보니, 예쁜 글씨로 한마디가 적혀 있었다.

[제가 특별히 달러 말고 한국 돈으로 준비했어요. 고생하셨어요.]

설열음이 적어 넣은 모양이다.

난 쪽지를 다시 집어넣고 포털을 한 손에 쥐었다.

설열음이 포털을 열기 전에 이렇게 손에 쥐었던 게 생각났기 때문이다.

'그런데… 이제 어떻게 하는 거지?'

난감해하고 있을 때 머릿속으로 기계적인 음성이 들려왔다.

—포털을 준비합니다. 함께 넘어갈 매개체를 눈으로 스캔하거나 직접 만져주십시오. 5초 동안 아무런 행동이 없을 경우 본인만 넘어가도록 설정합니다.

아, 이런 거군.

그런데 내 몸엔 지금 카시아스와 이랑이가 전부 맞닿아 있으니 굳이 쳐다보거나 만질 필요가 없는 거겠지?

—포털을 이용할 매개체는 본인을 포함 모두 셋입니다. 맞습니까?

"응."

—펜던트를 앞으로 내밀어 주십시오.

시키는 대로 펜던트를 앞으로 내밀었다.

—마지막으로 가고자 하는 곳의 좌표를 말씀해 주십시오. 좌표를 모른다면 이미지를 최대한 비슷하게 떠올려 주십시오.

시키는 대로 이미지를 떠올렸다.

내가 다운 타운으로 오기 전 마지막으로 들렀던 그 숲 속의 이미지를 말이다.

그러자 다시 기계음성이 들려왔다.

—대한민국 강원도 춘천 시에 소재한 구봉산 초입과 98퍼센트의 일치율을 보이며, 몇 시간 전, 이 장소에서 포털을 열었던 흔적이 남아 있습니다. 여기가 맞습니까?

"맞아."

—포털을 열겠습니다.

기계음성이 끊어지는 순간 공간이 찢어지며 포털이 열렸다.

난 울렁거릴 속을 벌써부터 걱정하며 안으로 들어섰다.

Chapter 7
통장 개설

포털을 나오자마자 상쾌한 바람이 콧속으로 들어왔다.

"후우우."

속이 울렁거리고 머리가 띵했지만, 확 트인 경관을 보니 그래도 살 것 같았다.

카시아스와 이랑이도 나와 함께 무사히 귀환할 수 있었다.

내 뒤에 있던 포털은 금세 닫혔다.

그런데 여기에 있어야 할 것이 보이지 않았다.

설열음이 타고 왔던 바이크는 이곳에 두고 사람만 포털로 이동했었다.

한데 바이크는 어디로 간 걸까?

누가 훔쳐 갔나?

"모르겠다. 워낙 대단한 집단이니 알아서 잘 수거해 갔을 수도 있겠지."

누가 훔쳐갔든, 다운 타운 측에서 조치를 취해 수거해 갔든 내가 신경 쓸 일이 아니다.

"으음……."

내게 업혀 있던 이랑이가 신음을 흘렸다.

그러더니 화들짝 놀라 고개를 번쩍 들었다.

녀석의 전신에 힘이 팍 들어갔다.

"뭐, 뭐야!"

"이랑아, 괜찮아. 나야, 지웅이 형."

난 이랑이를 안심시켰다.

"지, 지웅이 형?"

"그래."

"어떻게 된 거예요? 나… 다운 타운 가서……."

이랑이는 뭔가 말하려다 말고 입을 다물었다.

자신의 비참했던 광경을 다시 떠올리기가 힘든 모양이다.

"나, 나 좀 내려줘요."

"너 다쳐서 안 돼."

"아니… 괜찮은 것 같아서 그래요."

"정말?"

"네."

힐링 포션의 효과가 벌써 나타난 건가?

난 조심스럽게 이랑이를 내려놓았다.

그러자 녀석이 두 발로 멀쩡히 땅을 밟고 섰다.

내가 신기하게 이랑이를 바라보자, 녀석도 놀란 시선을 내게 던졌다.

"와… 진짜 내 몸이지만 믿기지가 않네."

"발목 괜찮아?"

"네, 하나도 안 아파요. 뭐지?"

이랑이가 바짓단을 걷어 발목을 살폈다.

그런데 발목에는 아무런 상처도 남아 있지 않았다.

그 정도로 크게 다쳤으면 상처가 아물었다 하더라도 상흔이 남아야 했다.

하지만 이랑이의 발목은 애초부터 아무 일이 없었던 것처럼 깨끗했다.

비단 발목뿐만이 아니었다.

얼굴을 비롯해서 몸 전체가 멀쩡했다.

부어터지고 상처로 가득한 얼굴이 원래의 그 잘생긴 조각미남으로 되돌아와 있었다.

'힐링 포션이라는 거 효과가 장난이 아니구나.'

이랑이도 자기 몸 구석구석을 살펴보고, 주무르더니 고개를 갸웃했다.

"저… 어떻게 된 거예요?"

이랑이에게 다른 차원에서 가져온 힐링 포션을 먹였다고 말할 순 없는 노릇이다.

그래서 거짓말을 했다.

"거기 의료 기술이 좋은가 보지, 뭐."

잘 모르겠다는 듯 두루뭉술하게 말하니, 이랑이가 대충 수긍하는 것 같았다.

"그런가요? 하긴, 막 공간 이동 하는 그런 기계도 만들고 그러니까. …네? 거기라구요? 그 말은… 형도 다운 타운에 왔었다는 거예요?"

"응."

"왜요?"

눈을 동그랗게 뜨고 묻는 이랑이의 정수리를 한 대 때렸다.

빡!

"악! 왜, 왜 그래요, 형?"

"너 잡으러 따라갔다, 인마!"

"저… 잡으러 왔다구요?"

"그래."

그러자 이랑이는 뭔가 짐작가는 게 있는 듯 주먹으로 자기 손바닥을 탁 쳤다.

"아! 혹시 할아버지가 가라 그랬어요?"

"맞아. 무천도사님이 날 데스 파이트에 추천했어."

"그랬구나……. 그럼… 제 시합도 봤겠네요?"

"봤지."

"엄청 꼴사납게 당했는데… 부끄럽네요."

"지금 그게 부끄러울 일이냐? 할아버지 말 안 듣고 제멋대로 데스 파이트 나간 걸 부끄러워해야지."

"…맞아요."

이랑이가 고개를 푹 숙이더니 눈을 꾹 감았다.

녀석의 감긴 눈꺼풀이 파르르 떨려왔다.

자세히 보니 전신이 다 떨리고 있었다.

"저… 노예가 될 뻔했어요."

그때의 공포가 다시금 밀려오는 모양이다.

누군가의 노예로 평생을 살아야 한다는 것.

그건 정말 괴로운 일일 것이다.

자신의 인생이 전부 사라지는 것이니 말이다.

그래서 데스 파이트는 인생을 거는 게임이다.

시합에서 지면, 죽거나 노예가 된다.

한참 동안 침묵 속에서 발발 떨던 이랑이가 문득 고개를 들더니 놀라서 소리쳤다.

"그, 그럼 형이 절 구해준 거예요?"

"응."

이랑이는 손가락 세 개를 펼쳐 보였다.

"세 번… 이겼어요?"

"그래."

"우와, 형 진짜 장난 아니네요. 역시 내가 사람 하나는 잘 본 것 같아요. 근데 세이브 카드 선택 안 했으면 오만 달러 받는 거였잖아요? 그 큰돈을 포기하고 절 구해주신 거예요? 하, 감동이 진짜……."

에라이 한 대 더 맞아라.

빡!

"아야!"

이랑이가 정수리를 감싸고 눈물을 찔끔 흘렸다.

"지금 감탄할 때냐? 너 완전히 인생 말아먹을 뻔했어!"

"…알아요. 죄송해요."

"그런 말은 돌아가서 무천도사님이랑 아랑이한테 해."

"네."

"그리고!"

마지막으로 크게 호통을 치려하는데 이랑이가 내 말을 끊었다.

"알아요. 두 번 다시 다운 타운에 가지 않을게요."

"약속하는 거다?"

"믿으세요. 사나이가 한 번 약속했으면 무덤에 들어갈 때까지 지켜야 하는 법!"

이랑이가 주먹을 불끈 쥐고 고개를 끄덕였다.

에효, 저놈의 철딱서니.

*　　*　　*

이랑이는 불같이 노한 무천도사 앞에서 두 손을 앞으로 공손히 모으고 고개를 최대한 수그린 채 가만히 서 있었다.

넓은 도장 안이 무천도사의 노기로 가득 찬 것만 같았다.

아랑이도 눈꼬리를 치켜 올리고 이랑이를 노려봤다.

두 사람 다 이랑이 걱정이 이만저만이 아니었으니 그럴 만도 했다.

"네 이놈!"

한참 동안 이랑이를 보고 있던 무천도사가 일갈을 내질렀다.

이랑이가 찔끔해서는 더 고개를 조아렸다.

"미안해, 할아버지."

"아무리 철이 없기로서니 데스 파이트에 출전을 해?! 자칫 잘못하면 네 인생을 송두리째 빼앗길 수 있다고 늘 말했잖느냐!"

"…할 말이 없어."

"이랑아, 너 정말 이번엔 너무했어. 할아버지랑 내가 얼마나 걱정했는지 알아?"

아랑이도 한마디를 했다.

"미안해, 누나."

"더 말할 것 없다! 앞으로 한 달간 지옥 훈련이다! 알겠느냐!"

"하, 한 달이나?"

"뭣이?!"

"아, 알았어, 할아버지! 군말 없이 지옥훈련 할게."

"네 방에 가 있거라!"

이랑이는 한숨을 푹 쉬고서 도장을 나갔다.

그러자 아랑이가 다가와 내 손을 덥석 잡고 눈물이 그렁그렁해져서 말했다.

"고마워, 지웅아. 너 아니었으면 정말 어찌 됐을지……."

무천도사도 아랑이의 옆에 서서 그윽한 시선을 내게 던졌다.

"지웅 청년. 내 이 빚을 어찌 갚아야 할지 모르겠네."

"다 잘됐으니까 그걸로 된 거죠."

"그렇지 않아. 자칫 잘못했으면 지웅 청년의 인생도 어찌 될지 몰랐을 텐데… 그런 위험을 무릅쓰고 이랑이를 데려와 줘서 정말 고맙네."

아랑이도 그 말에 동의했다.

"맞아. 그리고 그 큰돈을 포기하고서 세이브 카드를 선택하는 것도 쉬운 게 아니었을 텐데."

"참으로 보기 드문 청년인 게지. 뿐만 아니라 강한 힘도 갖고 있질 않은가. 데스 파이트에서 세 시합을 연속으로 이긴다는 게 결코 쉬운 일이 아닐 텐데."

사실 그렇게 어렵진 않았다.

소라스와 바레지나트의 퀘스트를 하며 상대했던 인간들에 비하면 아무것도 아니었다.

"정말 괜찮아요."

내가 한사코 괜찮다는데도, 무천도사는 고개를 절레절레 저었다.

"아니야. 자네는 이미 우리 가문의 은인일세. 아무런 보답 없이 넘어간다는 건 못할 짓이지. 자네가 원하는 게 있다면 뭐든 말해보게. 내 능력 안에서 가능한 건 무엇이든 주겠네! 돈을 원한다면 돈을 주고, 아랑이를 달라 하면 주겠네!"

말을 하며 무천도사가 아랑이의 등을 찰싹 때렸다.

그에 아랑이의 뺨이 확 붉어졌다.

"하, 할아버지?"

"왜? 싫으냐?"

무천도사는 눈을 샐쭉하게 뜨고 아랑이를 바라봤다.

그러자 아랑이가 급격하게 당황해서 시선을 어디에도 두지 못하고 안절부절못했다.

"솔직히 난 네가 지웅 청년이랑 한 지붕 아래 살면 참 좋을 것 같구나. 요즘 같은 세상에 저런 청년이 어디 있겠니?"

"제, 제 일은 제가 알아서 할게요."

"이런 숙맥 같으니라고, 쯧쯧."

무천도사가 혀를 찼다.

이제는 아랑이뿐만 아니라 내 뺨도 붉어진 것 같다.

"지웅 청년."

"네?"

"이 늙은이가 그저 농으로 이런 말을 한 건 아닐세. 반은 진담이었으니 지웅 청년도 우리 아랑이가 싫은 게 아니면 진지하게 한번 생각해 보게."

"할아버지, 이제 그만 하세요."

아랑이가 더 참지 못하고서 무천도사를 제지했다.

무천도사는 빙그레 웃더니 다시 내게 말했다.

"아무튼 자네 덕분에 우리 가문의 큰 불화를 막을 수 있었네. 앞서 말했듯이 내게 부탁할 일이 있거나 도움이 필요하면 언제든지 찾아오시게."

날 바라보는 무천도사의 눈에는 고마움과 애정이 가득 담겨 있었다.

나는 고개를 끄덕였다.

"네, 꼭 그렇게 할게요."

그때 머릿속에서 여인의 음성이 들려왔다.

띠링!

—큰일을 치를 뻔한 아랑이네 가족을 도와주었네요! 정말 멋있었어요, 지웅 님~ 앞으로도 계속 멋진 모습 보여주실 거죠? 선행을 쌓아 3링크가 주어집니다.

*　　*　　*

아랑이는 나를 위해 콜택시를 불러주었다.
택시가 도착했다는 연락을 받고 집 앞으로 나갔다.
아랑이가 문 앞까지 나와서 날 배웅해 주었다.
무천도사는 집안에서 이랑이를 한참 혼내는 중이었다.
나한테는 축 처져 있을 이랑이를 달래주러 간다 그러더니만.
조용조용 혼내면 내가 듣지 못할 줄 알았나 보다. 파펠의 청력을 무시해서는 안 되지.
난 택시의 뒷문을 열고서 인사를 건넸다.
"담에 봐, 아랑아."
"잘 가, 지웅아. 그리고… 오늘 정말 고마웠어. 다음에 내가 음……."
아랑이가 뭔가를 골똘히 생각하다가.
"빨리 타세요."
택시 기사님의 재촉에 황급히 대답했다.
"마, 맛있는 거 사줄게!"
뭔가 내게 보답하고 싶었는데, 어떤 것이 좋을지 얼른 생각이 안 났던 모양이다.
그 모습이 귀여워 나도 모르게 피식 웃었다.
"알았어, 고마워. 그럼 다음에 보자."
난 택시에 몸을 실었다.
떠나는 택시의 차창 너머로 손을 흔드는 아랑이의 모습이 그렇게 예쁠 수가 없었다.

*　*　*

택시를 타고 가던 난 집에서 좀 떨어진 곳에 내렸다.

생각을 정리하며 조금 걷고 싶었다.

하루 동안 너무 많은 일을 겪었다.

다운 타운. 데스 파이트. 갑자기 거머쥔 거액의 돈.

'두 번 다시는 안 간다.'

인류이라는 것이 완전히 사라진 그 역겨운 세상에 다시 가야 할 일은 없을 것이다.

[과연 그럴까?]

내 생각을 읽었는지 카시아스가 코웃음 쳤다.

[왜 또?]

[내 생각엔 다시 가게 될 것 같은데.]

[웃기는 얘기. 절대 다시 안 가.]

[두고 보자고.]

하여튼 시도 때도 없이 시비다. 심심하면 잠이나 퍼 잘 것이지.

그나저나 이 돈을 어떻게 하지?

내가 어디서 벌어왔다며 아버지에게 주는 건 말도 안 되는 일이고.

그렇다고 이대로 마냥 들고 다니자니 그것도 부담이다.

'이참에 통장을 하나 새로 만들어?'

생각해 보니 그게 가장 쉽고 간단한 방법이었다.

통장을 만들어서 내가 버는 돈을 모아놓은 뒤에, 급할 때나 필요할 때 쓰면 되는 것 아닌가?

왜 이렇게 간단한 문제를 어렵게 생각했는지 모르겠다.

난 스마트 폰을 꺼내 인터넷에다 고등학생이 혼자서도 통장 개설이 가능한지 알아보았다.

은행마다 정책이 달라서, 보호자를 대동해 가야 하는 곳이 있었고, 혼자 가도 신분만 증명이 된다면 개설해 주는 곳이 있었다.

주민등록증은 생일이 지나면서 이미 만들어 놓았다.

그걸 들고 찾아가면 본인 확인 후, 바로 내 명의의 통장을 가질 수 있다.

하지만 오늘은 일요일.

모든 은행이 문을 닫았으니 천생 통장은 내일 만들어야 했다.

집에 들어오니 갓 지은 밥 냄새가 고소하게 퍼지며 식욕을 자극했다.

엄마는 부엌에서 음식을 만들고 있었다.

"엄마~ 저 왔어요."

"아들~ 어서 와. 배고프지? 엄마가 얼른 밥 차려줄 테니까 얼른 씻고 와."

"알았어."

엄마는 병이 낫고 나서 늘 싱글벙글이다.

죽음을 준비하고 있었는데, 새 삶을 얻었으니 그 기쁨이 오죽하겠는가?

사실 병이 나은 다음 날부터 엄마는 아빠의 식당일을 돕고 싶다 하셨다.

하지만 우리 가족이 모두 그런 엄마를 만류했다.

고생한 만큼 더 많이 쉬고, 즐기고 한 다음에 일을 해도 하라고 말이다.

하지만 천성이 가만있지를 못하는 엄마는 아무 일도 안 하는 대신 집안일을 더 열심히 하기 시작했다.

엄마가 쌩쌩해진 다음 날부터 사흘이 지난 오늘까지 우리 집은 먼지 한 톨 찾아보기 힘들 정도로 완벽한 청결을 유지했다.

하여튼 우리 엄마의 부지런함도 알아줘야 한다.

화장실에서 씻고 나오니 마침 외출했던 누나도 돌아왔다.

"으으… 죽겠네."

등을 두들기며 들어오는 누나를 보며 엄마가 물었다.

"지나야, 어디 안 좋아?"

"그냥 좀 피곤해서."

난 그런 누나에게 콧방귀를 꼈다.

"놀러 나갔다 왔으면서 피곤은 무슨."

딱!

누나가 내 뒤통수를 때렸다.

"평일에 회사 일이 얼마나 힘들면 주말에 놀다가 힘들어서 일찍 들어왔겠냐? 엄마, 나도 밥~"

누나는 그렇게 말하고서 거실에 펼쳐진 상 한 자리를 차지하고 턱 앉았다.

아니 근데 저 계집애가 제정신이야?

아무리 가족밖에 없다지만 미니스커트 입고 양반다리를 해?

"아이 진짜, 보는 사람 입장도 생각 좀 해라."

"뭐, 뭐!"

"내 눈도 보고 싶은 것과 보기 싫은 걸 선택할 수 있는 권리를 달라고! 넌 다 큰 여자가 부끄럽지도 않냐?"

내 말에 막 끓은 김치찌개를 상에다 놓던 엄마와 누나가 놀란 표정을 지었다.

…분위기 왜 이래?

"우와~ 내 동생 많이 컸다? 누나한테 대들기도 하고?"

"그러게~ 지웅이가 이제 사춘기를 겪나? 호호호."

엄마는 대수롭잖게 웃어 넘겼다.

하지만 누나는 그렇지 않았다. 저 눈에 독기 가득 오른 것 좀 봐라. 아무래도 뭔가 사단이 날 것 같은 분위기다.

'내가 왜 그랬지?'

갑자기 엄청 후회된다.

이게 다 소라스와 바레지나트 때문이다.

착하고 순해 빠졌던 내 성격 돌려내, 이것들아!

"지웅아~!"

누나가 날 다정하게 부르며 싱긋 웃었다.

그런데 무서운 건… 눈은 안 웃고 있다.

"이따 밥 먹고 보자~"

꿀꺽!

스산한 한기가 내 몸을 감싸는 것 같았다.

아무리 몸이 강해져도 누나는 무섭구나.

*　　　*　　　*

늦은 밤.

전기장판을 깐 이불 안에 들어가 몸을 녹이며 눈을 감았다.

심신이 피곤한데, 이상하게도 잠이 빨리 오지 않았다.

생각이 많아져서 그런 모양이다.

'짧은 시간 동안 여러 가지 일이 있었지.'

카시아스를 만나 함께했던 두어 달이 내가 지금껏 살아왔던 세월보다 더 값어치 있었다.

늘 죽어 있던 삶을 살고 있던 내게 생기와 활력을 불어넣어 주었다.

레이브란데의 인과율에 계약을 맺은 뒤, 선행을 쌓아 얻게 된 힘으로 난 내가 처한 모든 환경을 바꿨다.

무너져가는 아버지의 식당을 일으켜 세웠고, 엄마의 병을 낫게 해주었으며, 나 역시 빵 셔틀에서 벗어났다.

이후로 우리 가족은 계속해서 승승장구하고 있었다.

닭발 옆차기가 대박이 나서 한 달 수입이 어마어마하게 늘어났다.

그로 인해 덩치를 불려가던 빚을 하나둘 갚아나가는 중이다.

앞으로도 이런 생활이 이어지기만 한다면 누나는 직장을 그만두고 다시 공부를 해서 미대에 지원할 수 있겠지.

나 역시 지금이라도 꿈이라는 걸 찾아 하고 싶은 일을 해볼 수도 있을 테고.

그래, 이걸로 됐다.

더 큰 무엇을 바라지 않아도 우리 가족은 충분히 행복하고 먹고 살 수 있을 만큼 살아간다.

하지만 사람이란 참 이상한 존재다.

힘이라는 것이 생기면 만족의 기준도 올라간다.

그저 가난에서만 벗어나면 좋을 것이라 생각했던 불과 몇 달 전이다.

그런데 지금은 다 무너져 가는 이 낡은 집보다 좋은 집을 얻고 싶다.

아버지의 가게도 체인점을 만들어 더 번창시키고 싶다.

무엇보다 내 자신이 더 많은 능력을 가지고 싶었다.

링크로 사들인 능력의 끝은 대체 무엇인지 궁금했다.

그 능력들로 난 강해질 테고, 내 가족과 주변 사람들에게 힘을 주어, 누구도 건드릴 수 없게 만들고 싶다.

'정점에 오르고 싶다!'

그런 욕망이 가슴 속 깊은 곳에서부터 용솟음쳤다.

물론 이 모든 것들을 실현하기 위해 필요한 건 링크다.

링크를 많이 얻는 방법이라면 이미 알고 있다.

바로 동영상을 이용하는 것이다.

하지만 단순히 그것만으로는 좀 막연한 느낌이 든다.

선행을 하는 동영상을 찍어서 그것을 어떤 식으로 사람들이 접근하게 하느냐가 관건이다.

접근 방식에 따라 사람들은 웬 관심종자가 눈꼴 시린 짓을 한다며 욕을 할 수도, 진심으로 잘했다며 박수를 쳐줄 수도 있다.

'어떤 방법이 좋을까.'

베스트를 생각해 내야 한다.

이제는 내게 주어진 모든 기회를 전부 활용해야 할 때다.

Chapter 8
상덕이의 재능

월요일.

고작 이틀 쉬었을 뿐인데, 오래간만에 학교에 오는 기분이었다.

수능이 끝난 터라 선생님들도 고3 학생들도 전부 나사 풀린 듯 느슨해져 있었다.

평소엔 지각하는 학생들을 쥐 잡듯 하던 학주도 고3들은 그냥 놔뒀다.

1교시 종이 치고 등교하는 녀석들도 많았다.

이제 고3 생활에 남아 있는 행사라고 해봐야 기말고사밖에 없다.

그러나 기말은 더 이상 내신에 반영되지 않는다.

확실한 수능 결과는 다음 달 초에 나온다지만 어차피 자기가 몇 점인지는 대략적으로 다 알고 있었다.

점수가 잘 나온 녀석들은 기분이 좋아서, 안 나온 녀석들은 될 대로 되라는 심정으로, 고3의 학교생활은 놀자 판이 되었다.

선생들은 교실에 들어와서 전부 약속이라도 한 것마냥 아이들과 농담 따먹기를 하기에 바빴다.

수능이고 나발이고 늘 체육 시간에는 밖에 나와야 한다고 강요했던 게슈타포도 이제는 그러지 않았다.

자유 시간을 주고 교실에서 마음껏 쉬게 해주었다.

그런데 태진이가 손을 번쩍 들었다.

"선생님, 축구하고 싶은 애들은 나가서 놀면 안 돼요?"

그러자 게슈타포가 고개를 끄덕였다.

"그러도록."

게슈타포의 저 딱딱한 군인 말투도 이제 얼마 안 있으면 영원히 못 듣겠지.

그렇게 생각하니 모든 것이 다 정겨웠다.

태진이가 교실에 있는 남학생들에게 소리쳤다.

"축구하러 나가자!"

수능 보름 전부터 태진이도 많이 변했다.

녀석은 나한테 대판 깨진 것을 계기로 조용히 지내다가 나중에는 반 아이들과 친해지려고 노력하는 모습을 보였다.

그래도 아직은 세상 때가 묻지 않은 아이들인지라 일 년 내내 못되게 놀던 태진이를 받아주었고, 태진이는 원만한 생활을 해왔다.

한 달 전만 해도, 태진이가 축구하러 나가자고 하면, 겁이 나서 어쩔 수 없이 따라나서던 아이들이 이제는 좋아서 자리를 박차고 일어났다.

하지만 난 축구에 별로 관심이 없어서 그냥 앉아 있었다.

내 옆에 앉은 상덕이는 밤새 뭘 했는지 내내 꿈나라다.

"점심시간에… 꼭 깨워야 돼… 음냐음냐."

잠꼬대도 참 상덕이스럽다.

그런데 오늘부터 쭉 오전 수업이거든?

점심은 집에 가서 먹어야 된다, 인마.

"지웅아."

태진이가 나가려다 말고 날 불렀다.

"왜?"

"넌 축구 안 해?"

"관심 없어."

"한 게임 뛰지?"

저 녀석이 갑자기 왜 나랑 축구를 하자는 거야?

"무슨 꿍꿍이냐?"

태진이가 자고 있는 상덕이의 머리카락을 괜히 쓰다듬으

며 씩 웃었다.

"자존심 회복 정도라고 하면 되겠냐?"

"뭐?"

"내가 애들 앞에서 너한테 대판 깨졌잖아. 쪽팔려서 사실 학교 나오기 싫었는데 오기로 다녔다. 지금은 애들이랑 친해져서 잘 지내고 있지만……."

"그래서 축구로 설욕하고 싶다, 뭐 그런 거야?"

"겁 나?"

그 말에 나는 너털웃음을 흘리고 말았다.

태진이가 제법 남자다워졌다.

아직 마음속에 풀리지 않은 응어리를 해소하기 위해서 스포츠로 결투 신청을 해올 줄이야.

녀석이 저렇게 나오는데 안 받아주면 남자가 아니지.

"좋아, 하자."

그렇게 말하고 벌떡 일어서는데 어째 기분이 영 이상했다.

'언제부터 내가 남자가 어쩌고저쩌고하는 걸 따졌지?'

이것 역시 바레지나트의 인격이 내게 미친 여파다.

한데 축구가 그냥 공 몰고 가다가 상대방 골대에 넣으면 끝인 거지?

* * *

나는 스포츠에 관해서는 완전 무지한 사람이다.

운동에 관심이 없어서 아예 등지고 살았더니 축구는 발로 공 차는 거, 농구는 손으로 공 넣는 거, 야구는 방망이로 공 때리는 거 정도로만 알고 있을 뿐이다.

기본 상식 외에는 그 어떤 규칙도 모른다.

넓은 운동장에 태진이와 나를 중심으로 우리 반 남학생들이 여덟 명씩 나누어 섰다.

나는 운동장 중앙선에 서 있었다.

내 앞엔 태진이가 공을 들고 마주 섰다.

심판은 없었다.

녀석은 동전을 꺼내더니 내게 물었다.

"체육 시간 끝날 때까지 시합하는 거고, 시간이 다 되기 전이라도 한쪽 팀이 먼저 다섯 골을 넣으면 이기는 걸로, 어때?"

"좋을 대로."

"앞면, 뒷면?"

"앞면."

태진이가 동전을 손가락으로 튕겼다.

팅!

맑은 소리를 내며 튀어 올라간 동전이 다시 내려오자 그것을 한 손으로 잡아 반대쪽 손등에 탁 엎었다.

태진이가 동전을 덮은 손을 천천히 치웠다.

드러난 것은 뒷면이었다.

"내가 이겼네? 먼저 공격한다."

"좋을 대로."

"정신 똑바로 차리는 게 좋을 거야."

느닷없이 경고한 태진이가 다리를 현란하게 놀리며 내 옆으로 치고 나갔다.

난 태진이를 막을 생각도 못하고 그저 몸을 돌려 녀석의 뒷모습을 바라보았다.

태진이는 마치 축구공이 발에 달라붙기라도 한 듯 몰고 나가면서 우리 팀 수비수와 공격수를 모두 제치고 골대 앞까지 다다랐다.

아무도 태진이를 막지 못했다.

태진이가 무서워서가 아니었다.

녀석은 정말로 환상적인 드리블을 선보였다.

순식간에 태진이와 골키퍼의 일대일 상황이 벌어졌다.

태진이는 달려나가던 속도의 힘을 실어 공을 세게 찼다.

뻥!

엄청난 소리와 함께 날아간 공이 골대 안으로 들어갔다.

철썩!

태진이가 주먹을 꽉 쥐며 날 돌아보았다.

"와… 진짜 축구 하나는 끝내주게 잘한다."

"그냥 태진이는 축구 선수 하는 게 낫지 않겠냐?"

"애초부터 체진반(체육대 진학반) 같은 거 했었어야 돼. 저 재능을 가지고 양아치 짓거리만 하고 다니다 보니 세월 다 갔지 뭐."

태진이가 축구를 그렇게 잘하는 거였구나.

이제야 알겠다.

이전의 나는 워낙 운동을 못하다 보니 그냥 모든 아이들이 다 축구를 잘하는 줄 알았다.

그런데 전보다 여러모로 강해지고 난 지금은 태진의 움직임이 확실히 또래의 학생들보다 월등히 좋다는 걸 구별할 수 있었다.

태진이가 내 곁을 지나가며 어깨를 툭 쳤다.

"여전히 축구는 젬병인가 봐? 이거 너무 나한테 유리한 종목으로 붙자고 한 거 아닌가 몰라."

그 말에 난 씩 웃었다.

"이제부터 다를 거야."

태진이도 입꼬리를 말아 올렸다.

내 말이 허풍처럼 들린 모양이다.

다시 공을 중앙선에 놓고 나와 태진이가 마주 본 채 섰다.

"간다."

나는 시합의 재개를 알린 뒤, 공을 높이 차올렸다.

뻥!

태진이가 박장대소하며 공을 따라 달렸다.

"푸하하하! 야! 지금 야구하냐?"

그래 웃어라.

나는 공이 떨어지는 지점을 향해 빠르게 달려갔다.

나보다 앞서 있던 태진이와 상대방 선수들을 빠르게 따라잡은 뒤, 순식간에 치고 나가 지면에 탕! 하고 튕겨 올라오는 공을 그대로 걷어찼다.

뻐엉!

내 발에 얻어맞은 공이 바람처럼 날아갔다.

골키퍼가 공을 향해 몸을 날렸다.

하지만 막지 못했다.

철썩!

공은 골대 안으로 들어갔다.

이것으로 일대일이 되었다.

태진이가 놀라서 눈을 동그랗게 떴다.

"너… 축구 좀 했냐?"

"아니."

"근데… 갑자기 어떻게 된 거야?"

눈앞에서 벌어진 상황을 납득 못 하는 태진이의 어깨를 툭툭 두들겨 주었다.

"너 나한테 얻어맞은 것도 갑자기 그랬던 거잖아."

"……."

"이제 네 골 남았다."

*　　*　　*

축구 시합은 딱 십 분 만에 종료되었다.

이후로도 내가 네 골을 연달아 넣어버린 것이다.

태진이가 넋 나간 얼굴로 서서 고개를 절레절레 저었다.

"뭐 이런 괴물이 다 있어."

"내가 이겼지? 이제 나 들어가서 쉰다. 너희들끼리 놀아라."

교실에 올라와서 창문을 내다보니, 태진이는 여전히 운동장에 망부석처럼 서 있었다.

*　　*　　*

4교시가 끝났다.

그러자 영원히 깨지 않을 사람마냥 자고 있던 상덕이가 귀신같이 일어났다.

"뭐야? 끝났어?"

"그래. 집에 가자."

"응, 얼른 가서 밥 먹어야겠다, 흐아암~!"

학교에서 나와 버스 정류장으로 걸어가는 동안에도 상덕

이는 계속 피곤해했다.

연신 하품을 하고 눈물을 찍찍 흘려 댔다.

"너 어젯밤에 야동 봤냐?"

"뭐?"

"야동 보면서 밤 새웠냐고."

"아니거든!"

"근데 왜 그렇게 정신을 못 차려?"

"홈페이지 만드느라 밤을 새워버렸어."

"홈페이지?"

"응."

"무슨 홈페이지?"

"그냥… 내 개인적으로 이것저것 업로드하고 하는 그런 공간."

어라? 이놈 봐라?

"네가 홈페이지를 만들 줄도 알아?"

"그게 그렇게 신기하냐?"

"신기하지. 잘하는 거라고는 먹는 거랑 잠자는 것밖에 없는 놈인 줄 알았는데, 홈페이지를 만들다니."

"나 예전부터 홈페이지 많이 만들었거든?"

"그래, 알았다."

상덕이가 만들어봤자 애들 장난 수준이겠지.

내가 그렇게 대화를 끊어버리니 상덕이는 부아가 치미는

모양이었다.
녀석이 스마트 폰을 꺼내 인터넷에 접속했다.
그러더니 내게 뭔가를 보여줬다.
그것은 잘 꾸며진 인터넷 홈페이지였다.
깔끔하고 세련되게 꾸며진 것이 제법 감각 있는 사람이 만든 곳인 것 같았다.
"이거 뭐야?"
"내가 만든 홈페이지다."
"…뭐?"
"봐봐, 여기!"
상덕이가 인터넷 주소 창을 가리켰다.
"상덕 닷컴!"
주소 창엔 정말로 'Sangduck.com' 이라고 적혀 있었다.
"이걸… 진짜 네가 만들었다고?"
"그래!"
정말 놀랄 노 자였다.
상덕이의 평소 이미지와 너무 대비되는 홈페이지였다.
하얀색 바탕에 파스텔 톤으로 배열된 메뉴와 검은 선으로 그려진 간결하면서도 세련된 이미지가 서로 잘 조화되는 느낌이었다.
"야, 상덕아."
"왜? 이제 좀 이 형님의 능력이 피부에 와 닿냐?"

"그래. 이건 놀려먹지 못하겠다. 장난 아닌데?"

"지, 진짜?"

"응."

"야… 네가 진심으로 칭찬하니까 좀 이상해. 그 정도로 괜찮아?"

"그렇다니까. 너 왜 이런 재능을 감추고 있었어?"

"그게… 재능인가? 그냥 심심해서 만드는 건데."

상덕이는 홈페이지 제작을 하나의 놀이쯤으로 생각하고 있었던 모양이다.

그게 재능이라는 걸 몰랐기에 굳이 누군가한테 자랑도 하지 않았던 것일 테지.

"IT시대에 이것보다 더 좋은 재능이 어디 있어?"

"그런 거야?"

"그렇지, 인마!"

"으헤헤헤."

상덕이가 바보같이 웃었다.

근데 웃는 얼굴이 진짜, 리얼하게 바보 같다.

아니 어떻게 이렇게 행동 하나하나가 전부 덜떨어지는 녀석이 이런 재능을 갖고 있던 거지?

아무튼 다행이다.

내심 상덕이 미래에 대해 은근히 걱정을 했던 터였다.

상덕이 어머니도 상덕이가 커서 뭐가 될지 모르겠다며 내게 근심을 털어놓곤 했었다.

그런데 이런 재능이 있었으니 앞으로 밥걱정은 안 해도 될 것 같다.

사실 상덕이가 만들었다고 하지 않았으면 전문가의 손이 닿은 홈페이지라 해도 믿을 정도였다.

"이 참에 너 아예 진로를 이쪽으로 잡아라."

"응? 진로를?"

"그래. 그런 거 잘만 만들어도 돈 엄청 번다고 하더라."

"그런가? 근데 뭐… 일단 날 써준다는 사람이 있어야 돈을 벌지."

"그거야 샘플 같은 걸 열심히 만들어서 여기저기 광고하다 보면……."

말을 하는 와중, 번개같이 내 머릿속을 두들기는 생각 하나가 있었다.

난 그대로 굳어서 눈만 데굴데굴 굴렸다.

그러자 상덕이가 내 가슴을 콕콕 찔렀다.

"야, 갑자기 왜 그래? 왜? 왜?"

"…상덕아."

"아, 진지 빨지 마. 무서울라 그러잖아."

난 상덕이의 손을 덥석 잡았다.

"너, 나랑 동업하자!"

"…뭐? 동업?"

"응."

상덕이가 내 손을 탁 털어 뿌리쳤다.

"난 요리 못해."

"요리 하자는 게 아니고 이 답답아."

"그럼?"

"내가 지금 홈페이지가 필요하거든?"

"홈페이지? 뭐하려고?"

"사람들 무상으로 도와주려고."

"뭐? 그게 무슨 빌 게이츠 대출받는 소리야?"

"말 그대로 도움이 필요한 사람들이 사연을 올리면 그걸 내가 도와주려고 한다는 거지."

상덕이는 도통 이해를 못 하겠다는 얼굴이었다.

하긴 나도, 다짜고짜 누군가에게 이런 말을 들으면 이해는 커녕 무슨 정신 나간 소리냐며 타박부터 놓을 것 같다.

이 삭막한 세상 자기 일만 열심히 하며 살아도 밥 벌어먹기 힘든 게 현실이다.

그런데 무상으로 남을 도와주려고 한다니?

상덕이가 한숨을 쉬었다.

"됐다. 뭐 말이 되는 소리를 해야지."

"돈 줄게."

"…돈 준다고?"

상덕이가 눈을 번쩍 빛냈다.

"응."

"얼마나?"

"달에 무조건 팔십 이상은 줄게."

"진짜?!"

"그래."

상덕이가 주먹을 불끈 쥐었다. 그러다가 고개를 모로 꺾고 날 게슴츠레 살펴봤다.

"근데 네가 무슨 돈이 있어서?"

이 자식이 평소엔 멍청한 게 이럴 땐 또 호락호락하지 않네?

"어떻게 하다 보니 돈이 좀 생겼어."

"어떻게 했는데?"

이거 어떻게 뻥을 쳐야 하나?

고민하고 있는데 카시아스의 음성이 들려왔다.

[주식 했다고 해라, 멍청한 놈.]

[어? 카시아스? 어디 있냐?]

[네 뒤에.]

또 투명화 마법 써서 따라오고 있었나 보군.

[그런데 주식이라니? 나 아직 고딩인데?]

[부탁이니 이제 곧 성인이 될 나이면 네가 살아가는 사회에 관심 좀 가져라. 주식은 주식 계좌만 개설하면 미성년자도 할 수 있다. 물론 부모님이 함께 가야 계좌를 개설해 주는 곳도

있지만, 아무튼 상덕이가 그런 질문까지 하지는 않을 테니, 주식으로 벌었다고 말해라.]

[알았어.]

난 카시아스가 시킨 대로 대답했다.

"주식으로 벌었어."

"주식? 네가 주식을 했다고?"

"응, 용돈 받을 때마다 괜찮은 주식에 넣고 기다렸더니 뻥 뛰었네."

"증거를 보여라!"

하, 나 이놈 참.

증거? 좋아, 보여주지.

마침 오늘 통장 개설하면 넣으려고 파이트 머니를 챙겨 온 참이다.

난 가방에 넣어두었던 돈 봉투를 꺼내 안에 든 수표 뭉치를 보여주었다.

그러자 상덕이의 눈이 휘둥그레졌다.

"헉! 그, 그게 다 얼마야?"

"어마어마하지?"

"어마어마한 정도가 아닌데… 고딩이 이만한 돈을 만질 수 있는 거야?"

"지금 만지고 있잖아?"

"그, 그러네. 아무튼 정말 달에 팔십씩 준다는 거지?"

"응, 네가 일만 제대로 한다면."

일단 내 수중엔 파이트 머니도 두둑하게 있다. 물론 그 돈으로 언제까지고 상덕이에게 월급을 줄 순 없다.

하지만 내가 만들려는 사이트가 계획대로만 운영된다면 선행 포인트는 어마어마한 속도로 쌓일 것이다.

그리고 난 그 포인트로 골드바를 살 수 있다.

골드바는 금은방을 운영하는 박인비의 어머니에게 좋은 값으로 팔 수 있다.

그걸로 상덕이에게 월급을 주면 되는 것이다.

물론 홈페이지가 대박이 나서 선행 포인트도 많이 쌓이면 그만큼 상덕이의 월급을 올려줄 생각이다.

"같이 할 거야, 말 거야?"

난 돈 봉투를 다시 가방에 집어넣고 물었다.

상덕이가 마구 고개를 끄덕였다.

"할게! 무조건 할 거다!"

"좋아."

"그런데 뭘 어떻게 만들어 달라는 건지 자세히 말 좀 해 봐."

"길바닥에서는 좀 그렇고, 어디 카페라도 가서 얘기하자."

*　　*　　*

상덕이와 나는 한적한 카페에 마주 앉아 각자 시킨 음료를 마시며 대화를 나눴다.

내 얘기를 한참 듣던 상덕이가 고개를 끄덕이며 정리를 시작했다.

"그러니까 한마디로 도움 요청 글이 올라오면 그것을 해결하고, 해결 사례를 동영상으로 볼 수 있는 홈페이지를 만들어 달라, 이거지?"

"그렇지."

"그럼 도움 글 올릴 게시판이 하나 필요하겠고, 동영상만 업로드되는 게시판이 하나 필요하겠네."

"응."

"근데 굳이 이럴 필요 있어? 그냥 유튜브에 업로드하면 되는 거 아니야? 동영상에다가 네 연락처 같은 거 남겨 놓고……."

"물론 유튜브에도 동영상을 업로드할 거야. 알아보니 파트너십 계약 같은 게 있다더라. 내가 업로드한 동영상을 플레이할 때마다 짤막한 광고가 먼저 재생되게 한 다음 조회 수 1,000당 1달러에서 3달러를 주는 그런 제도야."

"그럼 됐네? 홈페이지 없어도 되겠네."

이 멍청이가 지금 뭐라는 거야?

내가 홈페이지 포기하면 지도 일자리 사라지는 거라는 생각을 못 하나?

에효, 일단 이해부터 시키자.

"나도 그 생각을 안 해봤겠냐? 그런데 유튜브만으로는 부족해서 그렇지. 난 제대로 된 나만의 사이트를 가지고 싶어. 그래서 이걸 사업화시킬 거라니까? 계속 키울 거라고."

"사업화? 하긴… 홈페이지가 유명해지면 여기저기서 배너 계약이 들어오긴 하지. 그것도 잘만 굴리면 제법 돈 되더라고."

"그래, 바로 그거라고."

물론 거짓말이다.

내가 홈페이지를 만들려는 궁극적인 이유는 따로 있다.

바로 사람들이 내 선행을 보고 눈살 찌푸리지 않도록 하기 위해서였다.

만약 내가 지나가는 할머니의 짐을 들어드리는 동영상을 찍었다고 치자.

그리고 그것을 유튜브에 업로드하면, 자신의 선행을 자랑하려 한다고 욕하는 사람들이 많을 것이다.

하지만 사람을 도와주는 선행 사이트에 '사례'로 올라오면 그런 생각을 싹 지우고 순수한 마음으로 영상을 감상하게 된다.

동영상을 보는 이들은 곤경에 처한 사람이 도움을 받길 원할 테고, 내가 그걸 해결해 주는 순간 링크가 적립된다.

일전에 우리 가게에서 깽판을 치던 양아치들을 혼내줬을

때, 그 영상을 아랑이가 찍어서 학교 게시판에 업로드했을 때처럼 말이다.

당시 링크가 미친 듯이 빠른 속도로 쌓였었다.

난 그걸 바라는 것이다.

"알았어. 내가 일주일 안에 만들어줄게."

"오케이!"

"그런데 홈페이지 이름은 뭐라고 할래?"

"홈페이지 이름?"

"그게 가장 중요한 거잖아. 이름 빨 무시 못 한다, 너."

"흠… 이름이라."

그러고 보니 그걸 생각 못했네?

뭐라고 지을까.

무엇이든 도와드립니다?

아니야, 이건 너무 통속적이고 뻔해.

조금 세련되게 영어로 지어볼까?

헬퍼! …이것도 좀 유치한 면이 없잖아 있다.

매일매일 도와드려요? 도움을 주는 사람? 도움이 필요한 사람에게 영웅처럼 나타나 일을 해결해 드립니다, 라는 이미지로 가야 하는데.

뭐 좋은 거 없을까?

영웅… 히어로.

매일매일 도와드립니다. 매일매일… 데일리… 히어로?

데일리 히어로! 이거다!

"데일리 히어로(Daily Hero)."

"엉?"

"홈페이지 이름. 데일리 히어로로 해줘."

Chapter 9
데이트

상덕이와 헤어지고 난 뒤, 은행에 들러 통장과 체크카드를 만들었다.

거기에 내가 번 돈을 전부 입금했다.

대략 1,700만 원 정도 됐다.

그리고 명함집으로 가서 나와 상덕이가 쓸 명함을 오백 장씩 주문했다.

명함 디자인은 주인아주머니가 내미는 견본 중 가장 심플하고 세련된 걸로 해서, 일반 종이가 아닌 플라스틱 재질로 된 카드 명함을 선택했다.

명함은 사흘 뒤에 찾을 수 있을 거라고 했다.

그날 하루는 편의점 알바를 갔다 오는 것으로 마무리되었다.

*　　*　　*

다음 날도 학교는 오전 수업을 하고 끝났다.

늘 학교 끝나면 집에 들렀다가 다시 알바 나가기 바빴는데, 요새는 시간이 남아도니 기분이 좀 이상했다.

형식적으로 메고 온 홀쭉한 가방을 챙겨 학교를 나섰다.

버스 정류장으로 터덜터덜 걸어가는데 뒤에서 날 부르는 목소리가 들렸다.

"지웅아~!"

돌아보니 다름 아닌 아랑이었다.

"아랑아."

아랑이가 열심히 달려와 내 앞에 서서는 헐떡댔다.

"하아, 하아. 무슨 걸음이 그렇게 빨라? 급한 일 있어?"

"응? 아니."

"오늘 혹시 약속 있니?"

"없어. 아… 저녁에 편의점 알바 가야 돼."

"몇 시에?"

"여섯 시."

"그럼 그전까지는 시간 괜찮은 거네?"

"응, 그렇지."

"잘됐다~! 나랑 점심 먹을래?"

"점심?"

"응, 저번에 이랑이 일로 보답도 하고 싶고. 새로 생긴 맛집 두 군데를 알아놨거든. 어때? 괜찮지? 같이 갈 거지?"

아랑이는 아기 고양이 같은 눈을 하고서 날 바라봤다.

내게 보답을 한다기보다는 맛집에 같이 가줄 사람이 필요한 것 같은데?

하여튼 먹을 거라면 사족을 못 쓰는 아이다.

하지만 그 모습이 싫지 않았다.

오히려 귀여웠다.

난 피식 웃고서 고개를 끄덕였다.

"그래, 같이 가자."

"좋아!"

아랑이가 폴짝 뛰며 내게 팔짱을 꼈다.

어라……?

난 당황해서 그대로 굳어버렸다.

아랑이도 자신이 무슨 행동을 한 건지 뒤늦게 인지하고 얼른 내 곁에서 떨어졌다.

"미, 미안해, 지웅아."

"어? 아, 아냐. 난 괜찮아."

"……."

"……."

괜찮아?

괜찮긴 뭐가 괜찮다는 거야.

대처를 이상하게 하는 바람에 괜히 분위기만 더 어색해지고 말았다.

"그, 그럼 가보자, 아랑아. 그 맛집이라는 데."

"어? 아, 그래. 하나는 학교 근처에 있어. 조금만 걸어가면 돼."

"가깝네?"

"그치?"

아랑이와 나는 약간의 어색함을 사이에 두고 나란히 길을 걸었다.

*　　　*　　　*

아랑이가 날 인도한 곳은 새로 생긴 지 얼마 안 되는 샤브샤브집이었다.

한데 그 짧은 기간 동안에도 맛집이라고 소문이 퍼진 건지 홀엔 빈자리가 거의 없을 정도로 장사가 잘되고 있었다.

우리도 한 자리를 차지하고 앉아 음식을 주문했다.

아랑이가 먹는 양이 있기 때문에 기본으로 샤브샤브 3인분에 소고기와 해산물, 그리고 사리를 곱빼기로 추가했다.

테이블 중앙에 놓인 육수가 끓자, 아랑이는 야채와 소고기, 해산물을 적당히 넣었다.

우리는 맛있게 익은 음식들을 건져 먹으며 이런저런 대화를 나누었다.

아랑이는 내 별거 아닌 얘기에도 재미있어하며 많이 웃어주었다.

나 역시 아랑이가 하는 소소한 말들이 정말 즐겁고 재밌었다.

아랑이와 함께 있는 시간이 행복했고 같이 먹는 식사가 맛있었다.

샤브샤브집에서 한 시간 반가량 있으면서 결국 도합 10인분 정도를 먹어치웠다.

내가 2인분을 먹었고, 나머지는 다 아랑이가 처리했다.

음식값을 아랑이가 계산하고서 우리는 두 번째 맛집으로 향하기 위해 밖으로 나왔다.

그런데.

"어? 눈 내린다."

아랑이가 하늘을 바라보며 말했다.

그러고 보니 일기예보에서 오늘 폭설 주의보라고 했었는데.

한 송이 두 송이 흩날리기 시작하던 눈이 점점 많아지며 이내, 함박눈이 내리기 시작했다.

"와아~! 신난다~!"

아랑이는 천진난만한 아이처럼 좋아했다.

입을 살짝 벌리고 폴짝폴짝 뛰어다니는 모습이 정말 귀여웠다.

"이 정도로 내리면 많이 쌓이겠지?"

아랑이가 하늘에서 시선을 떼지 못하며 물었다.

"응, 그럴 거야."

"우리, 두 번째 맛집 갔다가 나올 때 눈 쌓여 있으면 눈사람 만들까?"

여자와 함께 만드는 눈사람이라니?

내게 그런 건 드라마나 영화 속에서만 나오는 얘기였는데, 이제 현실이 되어 다가올 줄이야.

거절할 이유가 전혀 없었다.

"눈사람 좋지~!"

내가 흔쾌히 고개를 끄덕이자 아랑이가 말갛게 미소 지었다.

* * *

두 번째 맛집은 양 꼬치 전문점이었다.

그곳은 거리가 조금 있어서 택시를 타고 이동하기로 했다.

택시를 기다리면서 아랑이는 양 꼬치 전문점에 관해 이야기했다.

"춘천에는 그럴듯한 양 꼬치 전문점이 없었거든. 그래서 늘 아쉬웠는데, 이번에 정말 맛있는 곳이 생겼대."

그러고 보니 난 양고기를 먹어본 적이 한 번도 없었다.

"양고기가 그렇게 맛있어?"

"음… 양고기 특유의 냄새 때문에 호불호가 조금 갈리지만, 좋아하는 사람들은 소고기보다 맛있다고 그래."

"기대되네."

"혹시 맛보고서 네 취향이 아니다 싶음 말해. 조금만 먹고 나와서 다른 데 가게."

"알았어, 그럴게."

"아, 택시 왔다!"

우리는 택시를 잡아타고 후평동으로 향했다.

그리고 양고기집 앞에서 내렸다.

지금은 점심도 저녁도 아닌 그 사이의 어중간한 시간인데, 식당 안은 사람들로 가득했다.

"여기도 대단하네?"

내가 혀를 내두르자 아랑이가 피식 웃으면서 내 어깨를 툭 쳤다.

"더 대단한 가게를 운영하는 사장님 아들이 할 소리야?"

"그런가?"

"그럼~ 춘천에서 가장 잘나가는 음식점은 누가 뭐래도 닭발 옆차기일걸?"

하긴, 우리 가게는 오픈한 날 이후로 단 한 번도 파리가 날렸던 적이 없다.

늘 만석에 번호표까지 뽑고서 기다리는 손님들이 수두룩했다.

'아무래도 분점을 하나 내야 할 것 같단 말이야.'

이제 가게 하나로는 밀려드는 손님을 감당할 수가 없었다.

더 많은 손님을 수용하기 위해서는 가게를 확장해야 하는데, 건물의 구조상 그건 불가능하다.

그렇다면 답은 멀지 않은 곳에 분점을 내는 게 최고다.

'그러고 보니 우리 가게 옆 건물 1층이 비었다고 하지 않았나?'

2호점을 바로 옆 건물에 내는 것도 나쁘지 않은 방법이었다.

조만간 이 건에 대해 아버지랑 얘기를 한번 해봐야겠다.

아랑이와 나는 식당으로 들어가 자리를 잡고 앉았다.

주문은 전적으로 아랑이가 했고, 우리 테이블엔 양 꼬치 8인분이 세팅되었다.

…아랑아. 맛보고 내 취향 아니면 나가자더니 8인분을 시켰구나.

이건 나갈 생각이 없는 거지?

"내가 맛있게 구워줄게."

아랑이는 많은 양의 꼬치를 불판에 올려놓고 능숙하게 구웠다.

고소한 냄새를 풍기며 익어가는 양 꼬치를 바라보는 그녀의 눈이 초롱초롱 빛났다.

인고의 시간이 지나가고 드디어 다 익은 양 꼬치 하나를 아랑이가 내게 내밀었다.

"양념 가루에 찍어서 먹어봐."

"응."

시키는 대로 특이한 양념 가루에 꼬치 고기를 찍어 한입 베어 먹었다.

그런데.

"우와."

"맛있어?"

아랑이가 눈을 빛내며 물었고 난 고개를 끄덕였다.

"엄청 맛있어."

"와~ 다행이다!"

솔직히 놀랐다.

이런 맛일 거라고는 생각지 못했다.

이걸 어떻게 설명해야 할지 잘 모르겠다.

오묘하고 특이하고, 한 번도 접해본 적 없는 그런 맛이다.

그럼에도 불구하고 대단히 맛있었다.

'분점은 닭발이랑 양 꼬치도 팔아봐?'

그것도 나쁘지 않겠다는 생각이 들었다.

아니면 분점을 내지 말고 새로운 사업 아이템으로 양 꼬치를 밀어보는 것도 괜찮을 듯했다.

그만큼 양 꼬치는 매력 있는 음식이었다.

난 배가 불러서 맛만 볼 생각이었는데 결국 양 꼬치 집에서도 2인분을 먹어치웠다.

* * *

나도 모르게 과식을 하고서 식당 밖으로 나오니 눈발은 더 거세졌고, 세상은 하얗게 물들어 있었다.

"와, 그새 엄청 쌓였네?"

아랑이가 사위를 둘러보며 신나했다.

그러더니 내 손을 덥석 잡고서 사람들이 잘 다니지 않는 골목길로 데리고 갔다.

그러고서는 만세를 부르며 말했다.

"눈사람 만들자!"

"응? 그래, 만들자, 눈사람."

우리는 힘을 합쳐 열심히 눈사람을 만들기 시작했다.

워낙에 눈이 소복이 쌓여 눈덩이를 몇 번 굴리니 거대한 몸뚱이와 머리가 탄생되었다.

눈덩이 두 개를 포개 놓고 나뭇가지를 구해와 팔을 만들어 주었다.

바닥에 떨어진 솔잎으로 눈코입도 달아주고 나니 훌륭한 눈사람이 완성되었다.

"와아, 너무 예쁘다."

오늘 아랑이는 하루 종일 아이 같은 모습만 보여주고 있었다.

그녀가 눈사람을 보며 감탄하고서는 날 자기 옆으로 바짝 끌어당겼다.

그러고는 스마트 폰 카메라로 눈사람과 우리 둘의 모습을 담았다.

"지웅아, 찍는다? 김치~!"

"김치~!"

찰칵!

"와~ 사진 정말 잘 나왔다. 이거 집에 가서 보내줄게."

"응."

"역시 셀카는 각도발 조명발이 중요하긴 한 거 같아."

방금 찍은 사진을 이리저리 확대해 보는 아랑이의 모습이 예뻤다.

'눈 오는 날 여자랑 같이 밥을 먹고 눈사람을 만들고, 사진도 찍었네.'

태어나서 처음으로 여자와 데이트다운 데이트를 하게 된

날이었다.

*　　*　　*

아랑이와 웃고 떠들다 보니 시간이 금방 흘렀다.

나는 편의점에 아르바이트를 나가야 했고, 아랑이도 가족들과 저녁을 먹기로 해서 들어가 봐야 한다고 했다.

아랑이네 집은 버스가 잘 다니지 않는 지역에 있었기에 택시를 타고 귀가해야 했다.

난 택시를 같이 기다려주며 아랑이와 짧은 대화를 나누었다.

"오늘 즐거웠어. 덕분에 맛있는 것도 많이 먹었고."

"에이, 아니냐. 우리 이랑이 인생 구원해 준 거에 비하면 정말 새 발의 피지."

이랑이의 미소가 내 가슴을 파고든다.

오늘의 이 만남을 여기에서 끝내기는 싫었다.

더 길게 연장시키고 싶었다.

그래서 용기 내어 말을 꺼내기로 했다.

"아랑아."

"응?"

"다음번엔 내가 밥 살게."

"정말?"

"응, 그리고… 영화… 한 편 같이 보지 않을래?"

"영화?"

"응."

그녀가 허락을 해줄지, 아니면 냉정하게 거절할지 알 수가 없었다.

내 심장이 빠르게 뛰었다.

마른침이 꼴깍 넘어갔다.

한데, 바짝 긴장한 나와는 달리 아랑이는 너무 쉽게 고개를 끄덕였다.

"좋아! 나 영화 보는 거 엄청 좋아해."

"그, 그래?"

"응, 잘됐다. 요새 보고 싶은 거 많았는데."

신이시여.

저도 드디어 마음에 있는 여자와 영화를 볼 수 있게 된 것입니까?

"그럼 다음번엔 언제 만날까?"

"겨울방학 하는 날… 어때?"

"음? 그거 나쁘지 않은 제안인데?"

그때 택시가 다가와 우리 앞에 정차했다.

"아, 택시 왔다. 나 이제 가볼게, 지웅아."

"그래, 조심해서 들어가."

"응, 겨울방학 하는 날 같이 영화 보고 맛있는 거 먹는 거야. 잊으면 안 돼."

"응, 안 잊을게."

아랑이는 방긋 웃고서 택시에 올라탔다.

그녀를 실은 택시가 휘날리는 눈 속을 가로지르며 빠르게 멀어져 갔다.

드디어 내 인생에도 그린 라이트가 켜지는 것일까?

그런데… 이 순간에 왜 갑자기 유주 누나의 얼굴이 떠오르는 거지?

Chapter 10
리조네의 망각

오늘은 일요일.

그동안 하루도 빠짐없이 열심히 선행을 했다.

덕분에 보유 링크는 287이 되었다.

오늘도 아침부터 선행을 하러 나가려는데, 상덕이에게서 전화가 왔다.

—야! 홈페이지 다 만들었다!

상덕이와 전화 통화를 하며 컴퓨터를 켰다.

그리고 녀석이 알려준 홈페이지 주소를 주소 창에 입력하고 엔터를 치는 순간.

"……!"

게임 끝났다.

그야말로 환상적인 홈페이지가 나를 반겼다.

"고맙다, 상덕아. 월요일날 당장 80만 원 갖다줄게. 잘해보자."

이것으로 모든 준비가 끝났다.

* * *

편의점에 들어서자 카운터에 있던 점장님이 힘차게 인사했다.

"지웅아! 오늘은 쉬는 날인데 왜 왔어? 나 혼자 힘들까 봐 의리 지키러 온 거야? 그런 거야?"

역시나 점장님은 늘 활기가 넘친다.

참 좋은 사람이고, 되도록 오래 같이하고 싶었다.

그런데 상황이 상황이니만큼 이제 정리를 해야 할 때가 왔다.

"점장님, 드릴 말씀이 있어서 왔어요."

"그래? 무엇이든 얘기해! 내 귀는 항상 지웅이의 의견을 귀담아 들을 준비가 되어 있으니까!"

"그게… 말 돌리지 않을게요. 저, 이번 달까지만 일하고 그만두려구요."

"응? 아르바이트를 그만두겠다고?"

"네."

점장님이 눈을 부리부리하게 뜨고 물었다.

"무슨 안 좋은 일이라도 있는 거냐?"

"아니요."

"그럼 내가 네게 점장으로서의 의리를 다하지 못했다든가?!"

"그건 진짜 아니에요."

"그럼 뭣 때문에 그만두겠다는 건데?"

"개인적으로 사업을 해보려구요."

"사업?"

"네."

그 말을 듣고 점장님은 한참 동안 아무 말이 없었다.

뭔가를 곰곰이 생각하던 점장님이 어렵게 입을 열었다.

"지웅아, 넌 아직 열아홉이다."

"알아요."

"사회 경험도 부족하고 사업이라는 게 뭔지 감도 제대로 잡지 못할 나이지."

"그것도 알아요."

"사업이라는 게 잘못 손댔다가 무너져 버리면 걷잡을 수 없는 빚더미에 앉게 되기도 한단 말이지!"

점장님은 진정 나를 걱정해 주고 있었다.

그 마음이 고마웠다.

"고마워요, 점장님. 걱정해 주셔서. 그런데 그렇게 돈이 많이 들어가는 사업은 아니에요. 사업이 망하더라도 위험부담이 없어요."

"무슨 사업이길래?"

"정식으로 시작하게 되면 알려드릴게요."

"흐음."

점장님이 또다시 말없이 날 바라봤다.

그러다가 묵묵히 고개를 끄덕였다.

"이미 마음을 다 정한 것 같구나."

"네, 갑자기 일 그만둔다고 해서 죄송해요."

"의리의 사나이끼리 죄송한 건 없다! 네가 스스로의 길을 가겠다고 하면 박수를 쳐주는 것이 알바생에 대한 점장의 의리! 한번 그렇게 마음 굳게 먹은 이상 열심히 해봐라, 지웅아. 하다가 힘들면 언제든지 얘기해! 다시 취직시켜 주마!"

역시 우리 점장님이 최고지!

"알겠어요, 점장님. 정말 감사합니다. 그런데 이번 달 말까지 새로운 알바생 구할 수 있겠어요?"

"실은 한 달 전부터 내 조카 녀석이 알바 자리 나면 자기한테 꼭 달라고 애걸복걸하는 중이니 걱정 말아라."

"다행이네요. 알바 끝내고 나서도 자주 들를게요."

"그래! 졸업하고 성인이 되면, 즉시 나랑 한잔 하자! 그리고 다음 날은 등산으로 숙취 해소! 알지?"

"네!"

*　　*　　*

11월도 이제 한 주밖에 남지 않았다.

편의점 아르바이트도 일주일밖에 남지 않았다는 얘기다.

집으로 돌아와서 상덕이가 만들어 준 홈페이지를 다시 접속해 둘러보았다.

몇 번을 봐도 마음에 들었다.

난 공지 사항 란으로 들어가서 글쓰기 버튼을 클릭했다.

'대망의 첫 번째 글이다. 뭐라고 적어야 좋을까?'

이게 뭐라고 이렇게 두근거리는지 모르겠다.

쉽사리 키보드도 두들기지 못하고 고민에 고민을 거듭하기만 하던 그때.

띠링!

> 리조네의 망각이 발동했습니다. 수락하시겠습니까?
> [Yes/No]

뭐, 뭐야 이건?

리조네의 망각?

또다시 영혼의 퀘스트가 발동한 건가?

'리조네는 또 무슨 한을 품고 있었던 거야?

내가 산 영혼 리조네의 힘은 절대미각이다.

그녀는 그 능력으로 큰 음식점을 차려 한평생 잘 먹고 잘살았다고 하는 게 라헬의 설명이었다.

물론 파도 없는 인생 없다지만, 대체 어떠한 한이 그다지도 깊게 맺힌 건지 궁금했다.

'수락해야 하나.'

늘 그렇지만 영혼의 퀘스트가 뜨면 고민을 하게 된다.

퀘스트를 완료하게 되면 많은 링크를 얻지만, 실패하게 될 경우 그 영혼의 능력을 잃게 된다.

한데 이제는 영혼의 퀘스트를 클리어해서 얻게 되는 링크가 그렇게 많다고 느껴지진 않는다.

요 며칠 하도 많은 링크를 단숨에 얻어버렸기 때문인가 보다.

'다운 타운에서 특히 득 봤지.'

게다가 데일리 히어로 사이트가 잘만 돌아간다면 링크는 소나기처럼 들어올 것이다.

'아직 그 사이트가 대박 칠 거란 확신은 없지만.'

과연 이 도박과 같은 영혼의 퀘스트를 하는 게 맞을까?

내가 얻는 것과 잃는 것, 둘 중 무엇이 더 클 것인가?

저울을 재봤다.

절대미각은 사실 이제 내게 그다지 필요한 능력은 아니다.

그리고 레벨이 높은 영혼이라고 해서 퀘스트를 완료했을 때 더 많은 링크를 주는 것도 아니었다.

실제로 소라스의 퀘스트가 바레지나트의 퀘스트를 완료했을 때보다 더 많은 링크를 주었다.

한마디로 리조네가 준 퀘스트를 완료했을 때, 어느 정도의 링크를 얻을 수 있을지 알 수 없다는 얘기다.

대박이 난다면 1,000링크 정도도 얻을 수 있지 않을까 하는 기대감이 들었다.

'한번 해보자.'

난 'Yes' 를 터치했다.

그러자 환한 빛이 일었고, 혼이 빠져나가는 아찔한 기분과 함께 역한 울렁거림이 찾아왔다.

이윽고, 빛이 사라졌다.

*　　*　　*

멍하다.

나는 어딘지 모를 건물 옥상에 서 있었다.

시선은 저 먼 산등성이 어딘가에 박혀 있었다.

하늘은 푸르렀다.

어깨까지 내려오는 내 금발 머리를 스치고 가는 바람이 상쾌했다.

띠링!

—리조네의 망각 퀘스트를 수락하셨네요. 지금부터 지웅 님은 리조네의 세상을 가상 체험하게 될 거예요. 지웅 님 본인이, 리조네가 되어서요.

어? 잠깐… 리조네는 여자 아니었나? 그럼 내가 지금… 여자가 되었단 말이야?

—리조네의 기억을 인스톨할게요. 이번이 세 번째니 이제 익숙하시죠? 조금 어지러울 거예요.

여인의 음성이 끊어지는 순간, 리조네의 기억들이 홍수처럼 밀려들어 왔다.

'난 커서 엄청나게 큰 식당을 차릴 거야! 세상엔 맛있는 게 너무 많아! 그래서 난 만날 내 식당에서 그 맛있는 음식을 먹을 거야!'

'푸하하하! 누나 바보 같아!'

'비웃었냐, 마르펭! 싸우자!'

어린 시절의 리조네와 마르펭이 보인다.

그런데 너무 어렸을 적이기 때문인지 마르펭의 얼굴은 조금 흐릿하다.

'누나! 나도 꿈이 생겼어. 대륙 최고의 요리사가 될 거야!'

'엥? 어렸을 때, 나한테 바보 같다고 비웃던 놈이 갑자기 웬 요리사?'

'마음이 담긴 음식은 사람을 감동시키는 법이니까!'

'꺄악~! 마르펭! 축하해! 비욜라트 마스터 쉐프 대회에서 우승하다니! 넌 최고야, 내 동생~! 정말 꿈을 이뤘구나!'

'누나, 내가 생일 선물 기대하랬지? 이 식당이 우리가 함께 꾸려 나갈 곳이야! 누나가 전국 각지의 음식을 맛보면서 만들어낸 그 레시피! 내가 그대로 재현해서 우리 식당을 전국 제일의 식당으로 만들게! 같이 잘해보자고!'

'마르펭~ 너 갑자기 요리 실력이 확 줄었다? 식당 좀 잘된다고 너무 기고만장한 거 아니야?'

'그런 거 아니야~ 누나의 절대미각이 너무 깐깐한 거지.'

'하긴 뭐… 손님이 줄어든 건 아니니까. 그래도! 안일해지면 바로 헤드락이다?'

'누나의 레시피대로만 하면 요리 생초보도 일류 음식을 만들어낼 수 있잖아! 뭐가 걱정이야?'

'시끄러워! 그리고 요새 왜 그렇게 하모니카를 불어대는 거야? 얼마 전엔 기타까지 장만한 거 같더라?'

'요새 음악에 취미가 좀 붙어서.'

'마르펭~ 이 세상에 혈육이라고는 너랑 나 둘뿐이야. 그렇지? 근데… 종종 난 왜 이렇게 불안한 걸까. 네가… 갑자기 떠날 것만 같아.'

'잭 아저씨! 오래간만이에요! 2년 만이죠? 그쵸?'

'으하하하하! 오래간만의 귀환 기념으로 파티를 열 테니 꼭 오거라!'

'마르펭! 같이 가야지?'

'난 좀 피곤해서 쉬고 싶은데, 누나.'

'그런 게 어디 있어! 무조건 같이 가!'

'제빵사 잭의 귀환 파티에 와주신 모든 분들을 환영합니다~! 으하하하하하!'

'여어~ 리조네, 잘 있었어? 오늘은 잭의 귀환기념일이기도 하지만, 모험가 매튜가 삼 년 만에 이 마을을 다시 들른 날이지! 혹시 그새 날 잊은 건 아니겠지? 샹그리아 식당에도 몇 번 갔었지, 아마? 근데 마르펭은 어디 있나?'

'여기 있잖아요~ 마르펭, 기억나지? 모험가 매튜 씨.'

'마르펭? 이거… 안보는 새, 많이 변했구나.'

'매튜! 이 친구야! 날 보러 왔으면서 뭐하는 거야? 일루 와!'

'마르펭, 지금 이 분위기… 나만 느끼는 거야? 다들 뭔가 숨기

고 있는 것 같아. 나한테만…….'

띠링!

—리조네는 어쩐지 모르게 동생이 떠나갈까 봐 불안해하고 있어요. 그 이유가 뭘까요? 원인을 밝혀내지 않는 한, 리조네는 계속해서 불안해하며 살다가 생을 마감하게 되겠죠? 리조네가 망각하고 있는 것이 무엇인지 찾아줄 수 있으시죠? 건투를 빌겠어요~

"아… 아아."

눈을 감고 지끈거리는 머리를 꾹 눌렀다.

내 이름은 리조네… 나는 연년생 동생 마르펭이 있어.

우리 둘은 어렸을 적 사고로 부모님을 여의었지.

하지만 고아원에 들어가지는 않았어.

부모님이 남겨주신 재산을 아껴 쓰며 시장 거리에 나가 어린이가 할 수 있는 잡일을 닥치는 대로 해나가며 어떻게든 살아남았으니까.

머리가 좀 크고 난 다음에는 마르펭이 그럴듯한 직장을 잡았어.

그 녀석 눈썰미가 좋았거든.

마시장에서 망아지들을 등급별로 나누는 일을 했어.

마르펭은 망아지를 한 번 훑어보는 것만으로 건강 상태가 어떤지, 근육은 얼마나 탄력 있고 단단하게 붙었는지, 비틀어진 골격은 없는지, 앞으로 덩치가 얼마나 더 자랄 것인지를 정확히 알아냈지.

마르펭이 일급 종마라고 꼽는 녀석들은 어김없이 1년이 지날 때 즈음 그 진가를 드러냈어.

이미 타의 추종을 불허할 정도로 멋진 종마의 품격을 갖추기 시작했다는 얘기야.

그리고 아무리 건강해 보이는 녀석도 속으로 앓고 있는 지병이 있을 경우 기가 막히게 짚어냈지.

한번은 마르펭이 잔병치레 한 번 한 적 없는 젊은 말을 지나치다가 내일 죽겠다고 해버렸더니 다음 날 정말로 죽어버렸지 뭐야.

그런 마르펭의 눈썰미가 소문이 나서 나중엔 우시장에서 일거리가 들어왔어.

마르펭은 송아지들의 품종을 나누고, 어른 송아지들을 돌아보며 속병이 있는지, 앞으로 몇 년이나 더 살지 등등에 대해 판단해 주었지.

그렇게 마시장과 우시장을 돌아다니면서 돈을 제법 벌어왔고, 난 동생이 번 돈을 몽땅 챙겨서 전 대륙을 여행했어.

3년이 지나, 유명하다는 세계의 음식을 모두 먹어보고 온 철부지 누나를 마르펭은 나무라지 않았어.

다만 요리사가 될 거라고 하더라고.
원래 눈썰미가 좋은 녀석이었잖아?
좋은 식재료를 구분하는 감각이 장난 아니었지.
식자재와 조리 도구를 다루는 솜씨도 제법이었고.
알고 보니 내가 없는 3년 동안 혼자 밥 해먹다가 저절로 늘게 됐었나 봐.
마르펭은 하던 일을 그만두고서 1년 동안 열심히 요리에 매진했지.
그리고 라만자 왕국 최고의 요리사를 가리는 경연 대회인 비욜라트 마스터 쉐프 대회에서 우승을 했어.
거기서 탄 상금으로 식당을 차렸고, 이후 5년이 지난 지금.
전 왕국에 우리 남매의 식당이 자리하게 되었지.
식당의 이름은 '샹그리아' 였어.
우리 남매의 성을 따서 지었지.
아무것도 부족하지 않았고, 더 바랄 것도 없었어.
개인적인 문제가 하나 있다면 나를 사랑하던, 그리고 내가 사랑했던 남자가 어느 날 갑자기 떠나 버렸다는 거?
그래서일까?
마냥 행복한 하루하루뿐인데, 나는 내 동생도 날 떠날지 모른다는 불안감이 하루에도 몇 번씩 치밀어 올라.
지금도 그래.
대체 왜 이러는 건지 모르겠어.

"곧 영업 시작할 건데, 땡땡이치는 거야?"

마르펭.

역시 넌 불안해하는 날 혼자 두지 않지.

예쁜 내 동생.

"이리 와봐, 마르펭."

마르펭이 순순히 내 옆으로 다가와서 서자, 뭔지 모를 시원한 향이 코를 간질였어. 향수를 뿌리고 다니는 것도 아닌데, 몸 어디에서 이런 향이 나는 걸까?

"아래를 봐봐."

이번에도 순순히 말을 듣는 마르펭.

옥상에서 내려다보는 우리 가게 앞의 풍경은, 벌써부터 모여들어 줄을 선 사람들로 인산인해를 이루고 있었어.

"어때?"

"매일 보는 광경이지만 꿈만 같지, 늘."

"그렇지?"

귀여워.

난 참지 못하고 마르펭의 머리를 마구 헝클어 놓았어.

하지만 착한 내 동생은 화도 한 번 내지 않고 가만히 있는 거야.

"어렸을 땐 머리 만지는 거 참 싫어했었는데, 너."

"그랬나?"

"응, 지금은 순한 양 같아서 좋아. 너 같은 남자친구를 만나야, 이 누나가 호강할 텐데, 그치?"
내 농담에 마르펭은 그저 미소 지었어.

*　　*　　*

영업이 시작되면 하루 종일 전쟁이야.
주문을 받고 서빙을 돕고, 무전취식하려는 치사한 인간들 잡으러 다니느라 정신이 없어.
종업원들이 실수로 접시를 깨는 일도 종종 있지.
사람이 하는 일인데 다 그렇잖아?
그때는 종업원을 혼내기보단, 바닥 청소부터 먼저 해야 돼.
무엇보다 손님들의 식사에 불쾌감을 주지 않는 것이 중요하기 때문이야.
오늘도 그런 실수가 벌어졌어.
그런데 문제는 그 실수를 저지른 사람이야.
쨍그랑!
"죄, 죄송합니다!"
벌써 여기서 서빙을 한 지 3년이 되어가는 최고참 종업원이자 베테랑인 소피아가 접시를 깨뜨린 거야.
'왜 저러지?'
소피아는 처음 일을 시작할 때부터 단 한 번도 이런 바보 같은 실수를 한 적이 없었어.

늘 정신이 바로 박힌 맑은 눈동자로 주변을 신경 썼고, 해야 할 일을 알아서 찾았었지.

나는 소피아에게 단 한 번도 꾸중을 하지 않았어. 꾸중할 게 있어야지?

그런데 일 년 전부터 저 모양이야.

무슨 걱정거리가 있느냐 물어도 입을 꾹 다물고 아무 말도 안 해.

게다가 요즘엔 가끔씩 측은한 시선으로 날 바라보는 것 같더라고.

그러다 시선이 마주치면 황급히 고개를 돌리지.

대체 왜 그러는 걸까?

일 년 전, 다른 종업원들이 내게 쿠데타라도 하듯 집단으로 그만뒀을 때도 끝끝내 남아주었던 소피아였어.

직원들이 왜 다 그만뒀냐고?

우습지만 이유를 몰라.

그냥… 이라고 하면 더 우스우려나?

그런데 진짜 그냥이야.

아니면 소피아가 가끔 날 측은하게 바라보는 그 시선 속에 답이 있거나.

난 나름 직원들에게 잘해준다고 생각했는데 그게 아니었을 수도 있겠지?

그러니까 직원들의 눈에 비치는 나는 숨소리도 듣기 싫은 악마였을지도 모른다는 거지.

모르겠어.

그런 생각 오래 해봤자 머리만 아프고 아무런 생산성도 없어.

시간을 좀먹는 건 사람이 할 짓이 아니야.

그런데 생각을 접으려는 순간 문득 떠올랐어.

'그러고 보니… 그 사람이 날 떠난 것도 딱 그 무렵이었지.'

일 년 전 그 시절.

가을의 말미와 겨울의 초입이 겹쳐지던 그때에, 무슨 일이 있었던 걸까?

난… 내가 모르는 마법에라도 걸렸던 걸까?

아니면 단순히 그때가 내 인생 최악의 시기였던 걸까?

또다시 가슴이 먹먹해지는 걸… 젠장.

나도 모르게 주방으로 들어갔어.

마르펭은 열심히 요리를 하는 중이야.

칼 솜씨가 확실히 좀 둔해졌지만… 그렇다고 요리를 엉망으로 만드는 건 아니니까 잔소리는 하지 않겠어.

'마르펭… 너는, 갑자기 날 떠나지 않을 거지?'

그러지 않길 바랄게.

* * *

하루 일과를 마치고 오늘따라 녹초가 된 몸을 침대에 눕혔어.

그러다 문득 생각했어.

그래… 지금의 난 온전한 나, 샹그리아 본점의 마스터 리조네라고 하기엔 무리가 있지.

또 다른 나, 유지웅의 인격과 그의 모든 힘들이 깃들어 있으니까.

그래서 그랬던 거야.

오늘따라 유독 식당 내부의 모든 손님들이 나누는 대화가 잘 들렸던 건.

이건… 파펠의 능력이었지.

뛰어난 청력으로 손님들 사이에 오가는 얘기를 듣는 것도 나름 재미가 쏠쏠하더라고.

그런데 지금 내가 남의 얘기나 듣고 있을 때는 아닌데 말야.

나는 누구보다도 내 안의 이야기를 듣고 싶어.

이 불안감의 원인은 무언지.

부족할 게 아무것도 없음에도 왜 이리 공허한 것인지.

가슴 한켠이 뚫려 버린 기분이야.

'이 문제를 해결할 키워드는 어디에 있는 걸까?'

이건 분명히 내가 한 번 겪었던 미래야.

난 앞으로 일어날 일을 모두 알고 있어.

내 인생, 평생에 파도가 많았던 만큼 이런저런 사건들로 가득했는데, 왜 제빵사 잭 아저씨를 만났던 기억을 유독 강조했던 거지?

'거기에 힌트가 있는 걸까?'

…잠깐, 오늘이 며칠이더라?

허겁지겁 달력을 꺼내서 살펴봤어.

"3월 14일."

그래, 2년 전 우리 도시를 떠났던 제빵사 잭 아저씨가 내후년 3월 15일에 꼭 다시 돌아오겠다고 말했었지.

그게 바로 내일이야.

잭 아저씨는 돌아온 당일 파티를 열고 나와 마르펭은 그 파티에 참석했지.

당시 잭 아저씨는 파티의 시작에 앞서 건배 제의를 하며 이렇게 말했었어.

"고향이 너무 그리워 새벽안개를 헤치며 달려왔습니다! 이 순간만을 기다렸다구요! 다들 건배! 으하하하하하!"

새벽.

잭 아저씨를 만나야겠어.

*　　*　　*

눈을 조금이라도 붙이려 했는데 그게 맘처럼 되지 않더라고.

마음이 싱숭생숭해서 더 그런가 봐.

결국 뜬눈으로 밤을 지새운 뒤, 새벽 세 시쯤 밖으로 나갔어.

그리고 마을 초입에 서서 잭 아저씨를 기다렸지.

그렇게 두 시간쯤 흘렀을까.

예상대로 새벽안개를 헤치며 2년 전 마을을 떠난 제빵사 잭 아저씨가 마을로 들어섰어.

“아저씨~!”

“응? 아, 리조네 아니냐! 으하하하하!”

잭 아저씨는 여전히 호탕한 웃음으로 날 반겨주었어.

그 큰 덩치 하며 덥수룩한 수염에 불룩 나온 배에다가 익살스런 얼굴은 조금도 변함이 없지 뭐야.

그래서 더 반가웠어.

“정말 돌아오셨네요.”

“그럼 내가 안 돌아오길 바랐던 거냐?”

“그럴 리가요.”

“여기는 무엇 하나 변함이 없구나.”

"안개 때문에 아무것도 안 보이는데요?"

"기분이 그렇다는 거지, 기분이. 아니 그런데 넌 안 자고 왜 나와 있던 거냐?"

"아저씨를 기다렸죠."

"나를? 으하하하하하! 그거 기분 좋은 농담이구나!"

"진짜인걸요?"

"으하하하하하! 그래그래. 이제 다시 빵집 문을 열면 서비스 두둑이 주마."

잭 아저씨가 2년 전 마을을 떠난 건, 그동안 모아놓은 돈으로 세계 일주를 하기 위해서였어.

더 늙기 전에 대륙 곳곳의 모든 경치를 눈으로 담고 싶다는 게 그 이유였지.

"눈에 졸음이 가득하구나. 이제 그만 들어가 보거라."

"알았어요."

"아, 그리고 저녁에 귀환 기념 파티를 열 예정이니 꼭 오거라~! 마르펭도 데리고 오라고!"

"네, 그럴게요."

잭 아저씨는 손을 흔들며 안개 속으로 사라졌어.

그래, 오늘 저녁.

그 파티에서 내가 망각한 것이 무언지 알아내는 거야.

Chapter 11
부서지는 현실

“어때, 마르펭? 같이 가야지.”

오늘은 영업을 조금 일찍 끝냈어.

잭 아저씨가 여는 파티에 가야 했으니까.

그래서 뒷정리를 하는 마르펭에게 물었더니 녀석은 모른 체하는 거야.

“뭘?”

“오늘 하루 종일 몇 번씩 물었잖아! 잭 아저씨 귀환 파티에 가자구! 그래서 식당까지 일찍 닫은 거 아냐.”

“아… 그게, 난 별로 내키지 않는데.”

“왜? 잭 아저씨가 만드는 빵 엄청 좋아했으면서. 무엇보다 보러 가지 않으면 잭 아저씨 삐칠지도 몰라."

"사실 난 좀 피곤해서 쉬고 싶은데, 누나."

그래, 마르펭은 계속 이렇게 파티에 참석하지 않으려 했었어.

마르펭은 잭 아저씨를 좋아했고, 잭 아저씨도 마르펭을 좋아했었는데, 왜 이다지도 파티에 가려 하지 않는 건지 모르겠다.

분명히 이유가 있어.

세상에 이유 없이 그냥 일어나는 상황이라는 건 없으니까.

'생각해 보면 이상한 일 투성이긴 했지.'

소피아부터 시작해 볼까?

그 똘망똘망하던 사람이 갑자기 넋 나간 듯 멍청해졌잖아.

게다가 날 가끔 측은하게 바라보기도 했고.

일 년 전 식당일을 일제히 그만둬 버린 직원들도 이상해.

왜 그만두려 하냐고 묻는 말에, 누구도 속 시원히 대답한 이가 없었어.

그리고 마르펭도 일 년 전부터는 식당일에 큰 재미를 붙이지 못하는 것 같아.

늘 요리가 자신의 인생인 양 살아가던 놈이었는데, 지금은 칼이 많이 무뎌졌어.

과거, 비욜라트 마스터 쉐프 대회에서 우승했던 영광은 다 지난 일이 되어버린 거야.

이제 그는 이빨 빠진 호랑이라고.

내 레시피가 없다면 아무것도 못 했을 거야.

그래도 한때는 왕국을 넘어서서 대륙 최고의 요리사를 꿈꾸던 마르펭이었는데, 지금은 왕국은커녕 도시에서 그나마 이름을 날리는 정도잖아.

'마지막으로 오늘 파티에서 날 바라보는 사람들의 이상한 시선.'

그 모든 것들의 비밀을 풀어야겠어.

"그런 게 어디 있어? 무조건 같이 가!"

"누나, 정말 피곤하다니까?"

난 마르펭의 팔을 와락 잡아끌었어.

"무슨 말로 피해가려 해도, 안 돼."

"누, 누나."

"안 된다고 했잖아."

강경한 내 말투에 마르펭은 결국 한숨을 푹 내쉬었고.

"알았어."

고개를 끄덕였어.

내가 이겼지?

*　　*　　*

"제빵사 잭의 귀환 파티에 와주신 모든 분들을 환영합니다~! 으하하하하하!"

잭 아저씨의 저택에는 많은 사람들이 모여들었어.

모두의 손에는 샴페인과 와인이 담긴 잔이 들려 있었지.

제빵사의 파티답게 테이블 위엔 가지각색의 빵과, 샌드위치, 조각 케이크, 타르트 등등 화려한 먹을거리들이 가득해서 절로 행복해지는 거 있지.

"고향이 너무 그리워 새벽안개를 헤치며 달려왔습니다! 이 순간만을 기다렸다구요! 다들 건배! 으하하하하하!"

"건배!"

잭 아저씨의 건배 제의에 다른 사람들도 건배를 외치며 잔을 높이 들었어.

물론 나도 함께했지.

그런데 이 즐거운 자리에서 마르펭의 얼굴은 영 밝지 못했어.

계속 눈치를 보는 듯한… 그리고 엄청나게 불편해하는 듯한… 그런 기분이었어.

대체 저 녀석이 왜 그러는 걸까?

절대 낯가리는 성격이 아니었는데 말야.

난 결국 못 참고서 마르펭의 옆구리를 쿡 찔렀어.

"윽! 쿨럭! 쿨럭!"

샴페인을 마시던 마르펭이 사레들렸는지 기침을 심하게 했지. 조금 미안한데?

"왜 그렇게 샌님처럼 굴어?"

"응?"

"원래 이런 자리에선 제일 신나했잖아."

"그게… 말했잖아. 오늘 좀 피곤하다고."

난 마르펭의 눈을 똑바로 쏘아봤어. 마르펭이 그런 내 시선을 부담스러워하며 뒤로 슥 물러났지. 하지만 난 손을 쭉 뻗어 녀석의 벨트를 틀어쥐었어.

"누, 누나! 이거 놔."

"마르펭! 너, 뭐 숨기는 거 있지?"

"하아, 그런 거 없어요."

"아니, 그런 거 같은데."

그때 누군가 우리에게 다가왔어.

"여어~ 리조네, 잘 있었어? 오늘은 잭의 귀환기념일이기도 하지만, 모험가 매튜가 삼 년 만에 이 마을을 다시 들른 날이지! 혹시 그새 날 잊은 건 아니겠지? 샹그리아 식당에도 몇 번 갔었지, 아마?"

그는 전국 각지를 떠돌아다니는 모험가 매튜 씨였어.

내가 알은척을 하려는데, 매튜 씨는 내 주위를 살피더니 이렇게 물었어.

"근데 마르펭은 어디 있나?"

이상하지.

마르펭은 내 옆에 줄곧 붙어 있었고, 지금도 서 있는데, 못 알아보다니 말야.

"여기 있잖아요~ 마르펭, 기억나지? 모험가 매튜 씨."

"아… 응. 안녕하세요."

마르펭이 인사를 건넸어.

그런데 매튜 씨는 뭔가 애매한 표정을 지어보였지.

그러다 한마디 툭 던진 말이.

"마르펭? 이거… 안보는 새 많이 변했구나."

이거였어.

마르펭이 삼 년 전과 그렇게 많이 달라졌나?

난 마르펭을 바라봤어.

그런데… 역시 뭔가 있어.

마르펭 이 녀석, 얼굴이 창백해져서는 안절부절못하고 있는 거 보라고.

매튜 씨와 마르펭, 그리고 나 사이에 어색한 기류가 흘렀어.

이게 무슨 상황인지 몰라 분위기를 풀어볼까 하는데, 뒤통수가 따끔한 거야.

주변을 둘러보니 근처에 있는 사람들이 날 이상하게 바라보고 있었어.

'뭐야… 이거?'

갑자기 혼란스러웠어.

그런데 그때, 잭 아저씨가 다가왔어.

"매튜! 이 친구야! 날 보러 왔으면서 뭐하는 거야? 일루 와!"
"어? 어… 어어. 그래, 그러지."
그러더니 잭 아저씨는 매튜 씨를 끌고서 발코니 밖으로 나갔어.
'지금 들어야 돼. 두 사람이 무슨 이야기를 나누는 건지!'
지금의 난 예전과 달라.
일반인을 초월하는 청력으로 발코니에서 나누는 둘의 대화를 충분히 엿들을 수 있었어.
잭 아저씨의 목소리가 먼저 들렸어.
"후… 매튜, 많이 놀랐지?"
그러자 매튜 씨의 음성이 뒤따랐어.
"어떻게 된 거야, 잭? 나만 이상해진 건가? 왜 아무도 말을 하지 않는 거지?"
"자네는 마을에 도착하자마자 바로 여기로 왔으니 모르겠지. 나도 마을에 도착해서 점심때쯤, 쟈스민 부인이 말해주는 걸 듣고서야 알았어."
뭘… 알았다는 거야?
"역시 그랬군. 어쩐지 이상하다 했지."
"그래, 자네 짐작대로야. 마르펭은……."
마르펭?
마르펭이 뭘 어쨌다는 거지?
"진짜가 아니야."

……!

*　*　*

파티가 끝나고 집으로 돌아왔어.

마르펭은 피곤하다며 자기 방으로 들어갔지.

나는 거실 소파에 앉아 파티에서 들었던 잭 아저씨와 매튜 씨의 대화를 떠올렸어.

'리조네의 친동생 마르펭은 1년 전에 사고로 죽었다더군.'

'뭐… 뭐? 아니 대체 어쩌다가…….'

'새로운 요리에 쓰일 야생초를 구하러 숲으로 향했다가 몬스터의 습격을 당했다나 봐.'

'저런… 한데, 왜 다른 사람이 마르펭 노릇을 하고 있는 건가?'

'그는… 마르펭이 아니지만, 마르펭과 제법 닮은 청년이지. 삼 년 전, 자네가 이 마을에 들렀을 땐, 그가 잠시 다른 마을로 유랑을 떠나서 보지 못했을 거야.'

'맞아. 난 그의 얼굴이 기억에 없네.'

'그는 노래하는 음유시인이지. 이름은 로레인. 사 년 전, 리조네의 연인이 된 사내일세.'

'아니… 근데 왜 리조네는 그를 마르펭이라고 하는 건가?'

'정신병의 일종인 것 같아. 마르펭이 죽었다는 걸 받아들일 수 없었던 리조네는 그와 닮았던 로레인을 마르펭이라고 믿어버린 거지.'

'그렇다는 건……?'

'로레인은 리조네를 위해서 여태껏 마르펭인 척 살고 있었던 거야.'

'허허… 그런 일이.'

'참 딱한 일이지.'

그 순간 거대한 해머가 뒤통수를 꽝 때리는 것 같았어.

그리고 내가 믿고 있던 현실이 모두 부서졌어.

"마르펭이… 마르펭이 아니라고?"

믿을 수가 없었어.

다 거짓말이라고 소리치고 싶었다고.

하지만… 정말 거지 같게도 그 대화가 지금껏 내 주변에서 일어났던 모든 기이한 일들을 설명해 주었지.

일 년 전 소피아를 제외한 모든 종업원들이 일을 그만두었던 것.

그건 아마 입단속을 시키기 위한 소피아의 조치였을 거야.

유일하게 식당에 남은 소피아는 늘 내 상태가 신경 쓰였겠지.

항상 날 측은하게 바라봤던 것도 그 때문이었던 거야. 그러다 보니 일에 집중이 잘 안 됐을 테고, 실수가 잦아진 거지.

마르펭의 요리 실력이 줄었던 것, 그리고 그가 갑자기 음악에 관심을 보이기 시작한 것도… 마르펭은 사실 음유시인 로레인이었기 때문이었어.

요리 실력이 줄어버린 게 아니라, 원래 요리 실력이 뛰어나지 않았던 거야.

음악에 취미를 붙인 게 아니라, 그의 직업이 음악을 필요로 하는 것이었고.

"으… 으으으… 꺄아아아아악!"

갑자기 머리에 지독한 두통이 일었어.

두 손으로 머리를 콱 쥐고 바닥에 엎어졌나 봐.

쾅! 하는 소리와 함께 눈앞에서 별이 번쩍 했어.

이마가 심하게 아팠어.

"리조네? 리조네!"

마르펭… 아니, 로레인의 음성이 들렸어.

그가 날 들어 안았지.

흐려져 가는 의식 속에 그의 얼굴을 똑바로 바라보았어.

그러자 마르펭이 사라지고 로레인이 보였어.

동시에, 가슴이 찢어질 듯 아팠어.

"마르펭… 마르펭! 으아아아아아아! 흐윽! 흐아아아아아아! 흐아아아아아아앙!"

난 울었어.

울고, 울고, 또 울었어.

둑이라도 터진 것마냥 눈물이 멈추질 않았어.

로레인은… 그런 날 끌어안고 같이 눈물을 흘렸어.

한참 동안 정신을 차리지 못하고 울던 내 귀에 노랫가락이 들려왔어.

"밤하늘의 별은 영롱하게 빛나는데, 아직 나 홀로 놓지 못하는 그 사람의 흔적은 거기 어디쯤에……."

로레인의 노래였어.

"꿈인 듯 손을 뻗으면 잡히는 것은 아픈 현실만. 눈앞에 보이는데 끌어안으면 언제나 꿈이었지."

로레인은 계속 노래했어.

난 그의 품에 안겨 노래를 들으며 점점 안정되었어.

통곡은 훌쩍임으로 변했고, 나중엔 평온해졌지.

로레인은 내가 완전히 진정될 때까지 그치지 않고 노래를 불러주었어.

*　　*　　*

폭풍 같은 밤이 지나가고, 로레인과 나는 아침 햇살이 쏟아지는 발코니로 나가 차 한잔을 나누어 마셨어.

"괜찮아……?"

로레인이 물었어.

"응… 괜찮아."

"정말… 괜찮아?"

"정말로 괜찮아. 그보다… 고생 많았어. 미안해. 그리고 고마워. 계속 날 지켜줘서."

"아니야."

비로소 현실을 받아들일 수 있을 것 같았어.

괜찮다고 말한 건 당연히 거짓말이야. 아직 많이 힘들지만, 그래도 언제까지고 거짓된 현실 속에 살아갈 수는 없는 일이잖아.

그리고 나 하나 때문에 모든 마을 사람들이 다 연극을 하고 있었던 거였으니… 그 고마움에 보답하려면 정신 똑바로 차려야지.

그럼 이제… 로레인과의 관계도 확실히 정리를 해야겠지.

"연기하느라 힘들었지?"

"뭐… 조금은?"

로레인이 볼을 긁적이면서 말하는데, 그 모습이 정말 귀여웠어.

"뭐가 가장 힘들었어?"

"동생 노릇 하는 거 자체가 힘들었지."
난 피식 웃어버렸어.
"그 애인은?"
"응?"
"내 동생 마르펭은 끝내주는 여자 친구 제이미가 있었잖아? 실제로 제이미랑 데이트도 자주 했었고. 그 덕분에 내가 더 완벽하게 당신을 마르펭이라고 믿었었나 봐."
죽어버린 내 동생 마르펭에겐 정말로 여자 친구가 있었어.
이름은 제이미.
그런데 마르펭이 죽어버리자 로레인은 제이미와 연애하는 척했던 거지.
혹시라도 내가 의심할까 봐 말이야.
내 물음에 로레인이 잠시 주저하다가 겨우 말을 꺼냈지.
"그건… 연극이 아니야."
"…어?"
이게 무슨 소리지?
"아니, 처음엔 연극이었어. 네 말대로 난 네게 완벽한 마르펭이 되어야 했거든. 그런데… 어느 순간부터 연극은 진짜가 되어버렸어."
"진짜가… 되었다고?"
"난 널 보며 힘들어했고, 제이미는 죽어버린 마르펭 때문에 힘들어했지. 그렇게 힘든 사람끼리… 서로를 위로해 주게 된 거야."

"……."

거짓이 지워진 현실은 처음부터 끝까지 내게 충격만 안겨주고 있어.

지금 이 상황에서 내가 무슨 말을 해야 하는 걸까?

"미안해, 리조네. 나… 이미 제이미와 미래를 약속했어."

그래.

만약 내가 끝까지 널 마르펭이라 믿었다면 이 이야기를 들었을 때 아쉬워도 축복해 줘야했겠지.

하지만 네가 로레인인 이상… 그러기는 힘들 것 같아.

"날 이해해 줘, 리조네."

어떻게 이해 못 한다고 할 수 있겠어, 이 상황에서?

넌 나 때문에 그 많은 시간을 희생했는데.

내가 무슨 염치로 그러냐고.

그저 고개를 끄덕일 수밖에.

"미안… 정말로 미안해."

로레인은 내 손을 꽉 잡았어.

그리고 우리는 누가 먼저랄 것도 없이 눈물을 흘렸어.

'이게, 맞는 거겠지.'

내가 그토록 알고 싶어 했던 가슴속의 불안함.

그것의 정체가 무엇인지 알 수 있었어.

마르펭이 떠날 것 같다는 불안감은 사실 이미 떠난 사람에 대한 그리움이었어.

그리고 또 한편으로는… 마르펭이 제이미와 결혼을 해버리는 게 두려웠을 거야.

난 아마도 로레인이 연기한 마르펭을 백 퍼센트 믿지 못했는지도 몰라.

'결국 진실은 내게 상처만을 남겼어. 뭐가 맞는 것이었을까? 진실을 모른 채 내가 만들어 놓은 동화 속에서 거짓 행복을 품에 안고 사는 것과… 뼈저리게 아픈 진실을 알고 고통 속에서 살아가는 것. 줄 중에 어떤 게 맞는 거지? 난 잘 모르겠어. 하지만… 이걸로 충분하다고 생각해.'

그 순간.

내 눈에 로레인과 손을 잡고 눈물 흘리는 리조네의 모습이 보였어.

난 더 이상 리조네가 아니었다.

리조네의 몸에서 혼이 빠져나와 유지웅의 인격체로 독립된 것이다.

'퀘스트를 완료한 건가?'

의문을 갖는 순간.

띠링!

—'리조네의 망각' 퀘스트를 완료하셨네요~ 리조네가 알고 싶어 했던 진실을 찾아주었으니 그에 응당한 대가를 드려야겠죠? 선행을

쌓아 482링크가 주어집니다.

482링크? 대박이다!

띠링!

퀘스트 종료.

일체화되었던 영혼의 기억에서 분리되어 현실로 복귀합니다.

하아… 끝났다.

사람 진 빠지게 하는 영혼 퀘스트.

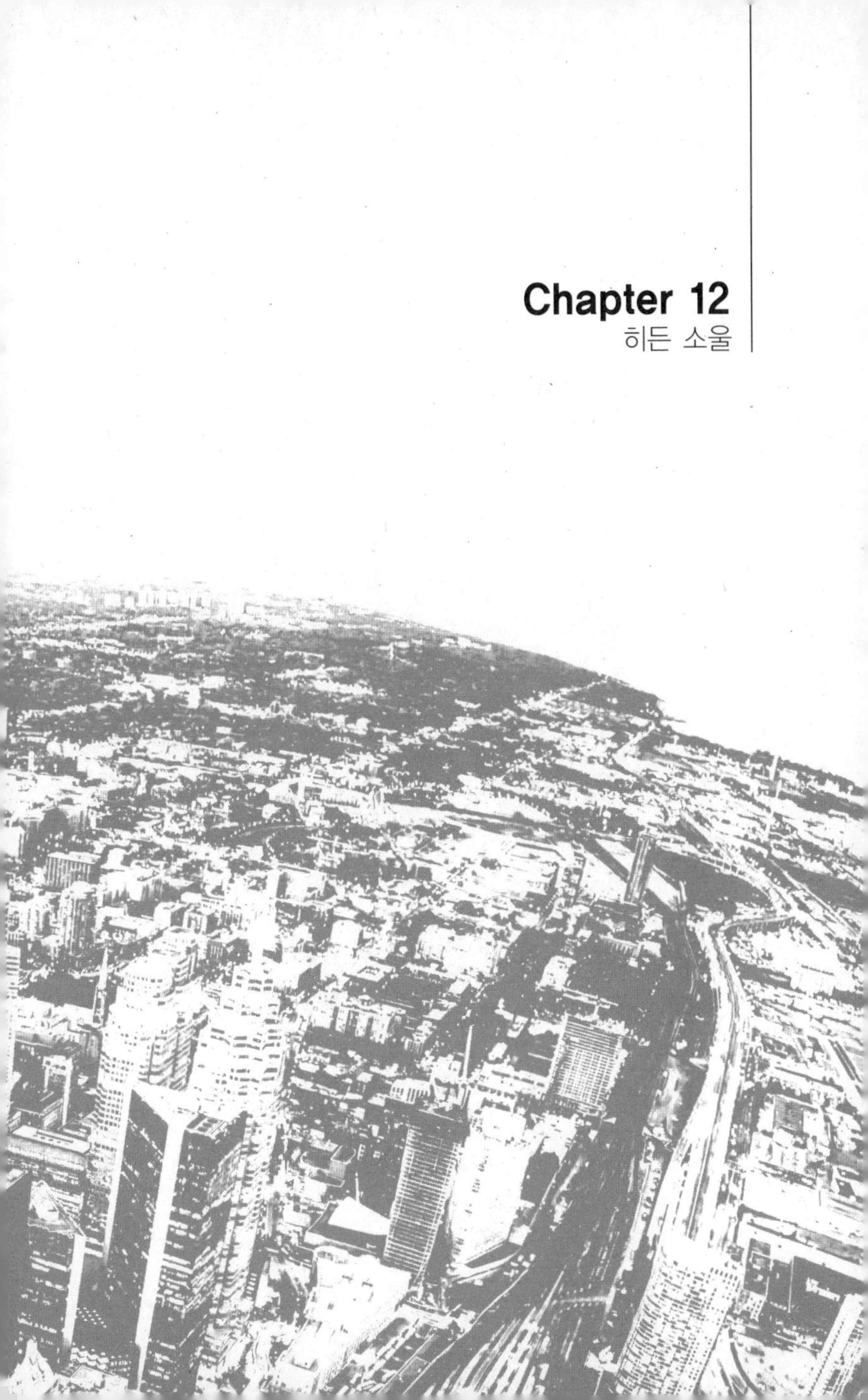

Chapter 12
히든 소울

난 컴퓨터 앞에 앉아 있었다.

"도, 돌아왔나?"

주변을 둘러보니 내 방이었다.

"하아아."

아직도 정신이 없다.

영혼이 주는 퀘스트는 한 번 하고 나면 한동안 넋이 나가 버린다.

"이번에는 다른 퀘스트랑 진행 방식이 조금 달라서 힘들었어."

소라스와 바레지나트의 경우 몸을 써야 하는 성질이 강했다.

그런데 리조네의 퀘스트는 마음을 써야 했다.

아픔으로 가득 찬 리조네의 심경이 그대로 전해지면서 내 마음도 많은 상처를 입었다.

그래서인지 지금 엄청나게 우울하다.

"근데 내가 컴퓨터로 뭘 할라고 그랬었지?"

아, 그래.

홈페이지에 첫 글을 올리려 했었지.

"어떤 내용을 올려야 하나."

고민을 하고 있는데.

띠링!

잉? 왜 또 알림음이 울려, 불안하게.

—리조네의 망각 퀘스트를 클리어하셨어요~ 특전으로 히든 소울을 구매할 수 있게 되었어요.

히든 소울? 그게 뭐지?

처음 겪는 상황에 당황하고 있자니 카시아스의 음성이 들려왔다.

[어이.]

역시, 카시아스는 이게 뭔지 알고 있었나 보다.

[카시아스! 히든 소울이 뭐야!?]

[…히든 소울? 그게 뭔데?]

[…몰라?]

[모른다, 그런 거.]

뭐지?

왜 카시아스도 모르는 시스템이 발동하는 거야?

혹시 이거 그런 건가?

롤플레잉 게임을 하다 보면 어떠한 조건을 충족했을 때 발생하는 숨겨진 이벤트 같은 거?

여성의 음성은 계속 들려왔다.

—히든 소울은 말 그대로 숨겨져 있던 영혼이에요. 히든 소울은 우발적으로 발생하는 특정 영혼의 퀘스트를 클리어했을 경우, 발견할 수 있답니다~ 리조네의 망각을 클리어해서 발견한 히든 소울은 로레인이에요.

로레인은 리조네의 연인이었던 음유시인이다.

—가격은 500링크! 영혼의 힘을 사용하는 데 필요한 영력은 11! 로레인의 능력은 천상의 목소리랍니다~!

천상의 목소리?

그게 뭐지?

―로레인은 데브게니안 대륙의 유명한 음유시인이었어요. 그의 노래는 듣는 이들을 모두 감동시킬 만큼 아름다웠죠. 그만큼 로레인의 목소리는 아름다웠어요.

그래서 지금 그걸 사라는 거야?

―히든 소울은 스울 스토어에서 구입할 수 없답니다. 한마디로 히든 소울이 등장했을 때 바로 구입하지 않으면 앞으로는 영영 살 수 없게 되고 말아요. 구입하시겠어요?

500링크 정도면 크게 무리가 가는 수준은 아니다.
게다가 이번에 리조네의 망각을 클리어하면서 많은 링크를 얻었다.
무엇보다 지금 구입하지 않으면 다시는 구입할 수 없다는 게 내 구매욕을 자극한다.
띠링!
기계음이 울렸고.
내 앞에 이런 글귀가 떠올랐다.

히든 소울 로레인을 구매하시겠습니까?

[Buy/Pass]

난 'Buy' 버튼을 터치했다.

그러자 글귀가 흩어져 사라지더니 밝은 영혼구가 나타났다.

그것은 내 몸 안으로 스며들어와 흡수되었다.

"영혼을 제대로 산 건가? 마인드 탭!"

이름 : 유지웅

소속 : 지구, 대한민국

성별 : 남

나이 : 19

영력 : 11/11

영매 : 9

아티팩트 소켓 3/3

보유 링크 : 269

영매의 숫자가 하나 더 늘어났다.

로레인의 영혼을 제대로 산 것이다.

영매 탭을 터치했다.

영매

패시브 소울 : 6

—강인한 육신[소라스]

—뛰어난 청력[파펠]

—완벽한 절대미각[리조네]

—뛰어난 요리 실력[마르펭]

—뛰어난 민첩성, 근력[바레지나트]

—아이언 스킨[지그문트]

액티브 소울 : 3

—낭아권[무타진/소모 영력 1/재충전 5초]

—화 속성 초급 마법 번(Burn)[마르카스/소모 영력 5초당 1]

—천상의 목소리[로레인/소모 영력 5초당 1]

오, 액티브 소울에 새로운 능력이 추가되었다.

바로 천상의 목소리.

"흠, 패시브 소울일 줄 알았는데, 그게 아니네?"

뭐, 아무려면 어떤가?

하루 종일 노래만 하면서 살 것도 아닌데.

"자, 이제 정말로 게시판에 글 좀 써보자!"

타닥타닥.

난 마치 오랜 숙원을 푸는 것마냥, 비어 있는 공란에다 한 자 한 자 신중하게 글을 적어 넣었다.

사실 내용은 별게 없었다.

데일리 히어로 홈페이지의 오픈을 자축하며, 앞으로 열심히 하겠다는 식의 내용이었다.

즉, 출사표를 던진 셈이다.

글을 다 작성한 뒤, 등록 버튼을 클릭했다.

"됐다."

이제 필요한 건, 내가 선행을 쌓는 모습을 찍은 동영상이다.

요즘은 기술이 발달해서 핸드폰으로 찍어도 되겠지만, 좀 더 좋은 도구가 있으면 좋지 않을까?

수중에 들어온 돈도 두둑하겠다, 난 카메라를 장만하기로 했다.

하지만 오늘은 일요일.

아마 문을 연 매장이 별로 없겠지.

게다가 난 카메라 보는 눈이 없으니 내일 학교 끝나면 상덕이랑 같이 가는 게 낫겠다.

* * *

다음 날 학교를 마치자마자 상덕이와 함께 대형 전자 마트로 향했다.

카메라 고르는 일은 상덕이에게 완전히 일임했다.

사실 녀석도 뭐 베테랑 수준은 아니었지만, 나보다는 카메라를 보는 눈이 있었다.

상덕이가 선택한 건 '캐넌 AOA 8G' 였다.

가격은 140만 원 선이었다.

내게 필요한 건 아주 리얼한 영상을 담을 게 아니었으니 그 정도면 적당하다 싶었다.

카드로 계산을 마치고서 밖으로 나왔다.

그리고 CD기에서 80만 원을 뽑아 상덕이에게도 주었다.

'역시 돈이 좋구나.'

전에는 만 원 한 장에 벌벌 떨던 나였다.

그런데 근래 돈이 쉽게 들어오다 보니 씀씀이가 커졌다.

하지만 허투루 쓰는 건 아니니까 이 정도는 괜찮을 듯하다.

모두 사업을 위한 투자다, 투자.

돈 한 푼 안 들이고 어떻게 사업을 번창시킬 수 있겠는가.

"이야~ 진짜 간지 난다, 유지웅. 어떻게 그 찌질이 빵 셔틀이 몇 달 새 이렇게 변할 수가 있냐? 싸움도 잘하고 돈도 잘 벌고."

첫 월급을 줬더니 상덕이의 아부가 하늘을 찌른다.

하여튼 알기 쉬운 녀석이다.

둘이서 대화를 주거니 받거니 하며 길을 걷는데, 뒤편에서 사람의 고함소리가 들려왔다.

"으, 으어어어어어어!"

그 소리가 어찌나 큰지 상덕이와 난 놀라서 동시에 뒤를 바라봤다.

고함을 지르고 있는 건 15살 정도 되어 보이는 소년이었다.

소년은 혼이 나간 얼굴로 계속 고함을 지르며 미친 듯이 달리고 있었다.

사람들은 그런 소년을 멍하니 바라보기만 할 뿐, 누구 하나 선뜻 다가가지 못했다.

원래 일반적이지 않은 상황이 벌어지면 누구나 당황하게 마련이다.

게다가 살짝 정신이 불안정해 보이는 이에게 먼저 손을 내밀어주려는 이들도 지금 시대에는 찾아보기 힘들다.

하지만 나는 다르다.

선행을 해야 한다.

특히나 지금 같은 상황에서는 더더욱!

많은 사람들이 소리치며 질주하는 소년을 보고 있다.

그들의 마음속엔 누군가 소년을 도와주었으면 하는 바람이 있을 것이다.

소년에게 무슨 사정이 있는 건지, 어떠한 연유로 저러는 건지는 중요하지 않다.

불안정한 이에겐 도움이 필요하다.

다만 그게 내가 되는 순간 귀찮은 일에 휘말릴 수도 있으니 주저하는 것이다.

"으어어어어어어어어!"

정신없이 소리치며 질주하던 소년이 갑자기 도로로 뛰어들었다.

"꺄아악!"

"저, 저런!"

사람들이 놀라 경악했다.

빠아아아아앙!

빠르게 달려가던 승용차가 아슬아슬하게 소년을 피해 갔다.

하지만 그 뒤에 따라 달리던 승용차는 미처 소년을 피할 수 없는 상황이었다.

그 순간 이미 나는 소년을 향해 달려가고 있었다.

그리고 인도에서 도로로 몸을 날려 소년을 품에 안고 바닥을 굴렀다.

쉬이이이이잉—!

승용차가 나와 소년을 아슬아슬하게 스치고 지나갔다.

하지만 위기는 끝나지 않았다.

내가 소년을 안고 구른 곳은 반대편 차선이었으며, 그쪽에서도 초록 신호를 받은 차들이 쌩쌩 달려오는 중이었다.

소년은 내 품에서 잔뜩 웅크린 채, 양손으로 귀를 막고 있었다.

나는 소년을 들고 일어나 재빨리 뒷걸음질 쳐, 중앙선에 섰다.

그리고 신호가 바뀌기를 기다렸다.

소년은 막고 있던 귀를 마구 때리며 신음인지 말인지 모를 것들을 뱉어냈다.

"하으으으… 으아으아어어어!"

'정신적으로 문제가 있는 아이인가?'

인도를 걸어가던 사람들이 멈춰 서서 나와 소년을 바라봤다.

드디어 신호가 바뀌고 달리던 차들이 정지했다.

나는 소년을 데리고서 횡단보도를 건너 인도에 무사히 도착했다.

순간, 소년의 발작이 다시 시작되었다.

"으어어어어어어어어!"

그 무렵, 많은 사람들이 내 주변에 동그랗게 모여들었다.

반대편 인도에 있던 사람들도 건너와서는 나와 소년을 구경했다.

개중에는 스마트 폰으로 동영상을 촬영하는 사람도 있었다.

"괜찮아, 괜찮아, 진정해."

나는 소년의 등을 쓰다듬었다.

소년은 그런 내 손을 거부하더니 온몸을 비틀어 품에서 벗어나려 했다.

그런데 이 녀석, 힘이 보통이 아니다.

몸에 근육이라고는 하나도 없고, 비쩍 마른 체형인데 소 한 마리와 씨름을 하고 있는 기분이다.

'이게 무슨 일이지?'

이 정도면 성인 장정 여럿이 달라붙어도 소년의 힘을 감당할 수 없다.

그마나 영혼의 힘을 흡수한 나니까 이 녀석을 제어할 수 있는 것이다.

"누가 경찰에 신고해야 하는 거 아니야?"

"저러다 또 도로에 뛰쳐들어 갈라!"

어떤 사람은 경찰에 신고를 했다.

어떤 사람은 쉴 새 없이 입만 놀렸다.

어떤 사람은 동영상을 촬영하느라 정신이 없었다.

어떤 사람은 방관자처럼 팔짱을 끼고 구경했다.

어떤 사람은 자신이 도와야 하는지, 말아야 하는지 갈등하고 있었다.

그런 광경을 보고 있자니 문득 가슴이 먹먹해졌다.

하나같이 무조건 나서서 소년을 돕겠다고 하는 사람은 없었다.

나 역시도 이것이 내게 선행으로 인정되고, 링크를 적립해 줄 테니 이득을 따져 소년을 도운 것이다.

그냥 대가를 바라지 않는 마음으로 한 행동이 아니었다.

그들이나 나나 똑같았다.

"으어어어어어어어!"

소년은 계속해서 몸부림쳤다.

하지만 놓아줄 순 없었다.

누군가의 말마따나 다시 도로로 질주하면 위험할 수 있었다.

한데 줄곧 소년을 구속하고 있을 수도 없는 노릇이다.

내게 벗어나려고 발버둥 치면 칠수록 소년의 몸엔 멍이 하나 둘 늘어갔다.

'어떻게 해야 하지?'

그때 문득 로레인의 노래가 떠올랐다.

리조네의 마음을 달래주고 어루만져 주었던 그 아름다운 노래가.

로레인의 목소리와 그것이 담기는 노래는 사람의 심금을 울리는 힘이 있었다.

"천상의 목소리."

난 로레인의 액티브 스킬 천상의 목소리를 사용했다.

현재 내 영력이 11이니 노래를 부를 수 있는 시간은 55초다.

천천히 입을 열어 노래를 시작했다.

"밤하늘의 별은 영롱하게 빛나는데, 아직 나 홀로 놓지 못하는 그 사람의 흔적은 거기 어디쯤에……."

로레인이 불렀던 노래의 가사를 한글로 바꿨다. 음은 그대로였다.
그러자 소년의 몸부림이 점점 잦아들기 시작했다.
"으어어어어… 어……."
소년은 휘둥그레진 눈으로 날 바라보았다.
나는 그런 소년의 눈을 마주 보며 계속 노래했다.

"꿈인 듯 손을 뻗으면 잡히는 것은 아픈 현실만. 눈앞에 보이는데 끌어안으면 언제나 꿈이었지."

소년의 머리를 천천히 쓰다듬었다.
소년이 내 손길을 거부하지 않고서 얌전히 있었다.
노래는 계속해서 이어졌다.
그러다 영력이 모두 소모되는 순간, 난 입을 다물었다.
다행히도 소년은 눈을 천천히 감으며 잠이 들었다.
"후우."
짧게 한숨을 내쉬고서 주변을 둘러보았다.

한데, 내 주위를 수많은 구경꾼들이 가득 메우고 있었다.

자신의 스마트 폰으로 동영상을 찍는 상덕이도 그 무리에 섞여 있었다.

구경꾼들은 하나같이 감동한 얼굴이었다.

그중 여고생 한 명이 저도 모르게 박수를 치려 했다.

"쉿!"

난 검지를 입 앞에 세우고서 고개를 저었다.

그러자 여고생이 내 품에서 잠든 소년을 보더니 얼른 손을 내렸다.

그때 일단의 무리가 인파를 헤치고 들어왔다.

"실례하겠습니다. 잠시만요."

인파를 헤치고 안으로 들어온 이들은 전부 다섯이었다.

하나같이 덩치가 컸고, 검은 정장에 선글라스를 착용한 것이 꼭 경호원들 같았다.

그런데 내 짐작이 맞았던 모양이다.

그중 한 명이 가까이 다가와 소년을 보고서 한쪽 무릎을 굽히고 앉았다.

"하아… 무사하셔서 다행입니다, 도련님."

도련님?

지금 이 소년보고 도련님이라고 한 거야?

그는 고개를 들어 내게 말했다.

"도련님을 도와주셔서 감사드립니다."

"아, 네……."

"그런데 힘이 장사이신 모양이군요. 어지간한 사람이 아니면 도련님을 제압하기가 쉽지 않을 텐데… 혹시 어쩔 수 없이 위해를 가한 건……?"

사내는 내게 감사의 말을 전하면서, 동시에 소년에게 해를 끼치지 않았는지 문책하고 있었다.

"아니요, 그러지 않았어요. 그냥 노래를 불러줬습니다."

"노래라구요?"

"네."

사내는 뭔가 납득이 되지 않는다는 얼굴이었지만, 이내 고개를 끄덕이더니 품안에서 명함 한 장을 꺼내 내밀었다.

"제 명함입니다. 받으십시오."

난 군말 없이 명함을 건네받았다.

거기엔 로열 백화점 춘천 명동점 영업팀장 전혁철이라는 이름이 적혀 있었다.

'가만, 근데 로열 백화점이라고?'

로열 백화점은 우리나라 굴지의 기업 로열 그룹에서 운영하는 곳이다.

그 곳에서 일하는 영업팀장이 도련님이라고 했으면 이 소년은… 적어도 로열 그룹 핏줄의 사람이라는 것이다.

한데… 아무리 봐도 정신적으로 아픔이 있는 듯했다.

전혁철이 소년을 안아들었다.

"아무튼 다시 한 번 감사의 말씀 드립니다. 겪어봤으니 아시겠지만 도련님께선 보통 사람들과 조금 다릅니다. 자폐증을 앓고 계시죠. 그래서 일반인의 십수 배에 달하는 힘을 발휘합니다. 그렇다 보니 혹여라도 이번처럼 자기 멋대로 행동하려 들면 쉽게 제재하기 힘듭니다. 때문에 외출을 하면 이런 일이 가끔씩 일어나기도 하지요. 이해해 주십시오."

"아… 네."

얼떨결에 대답을 하긴 했지만, 어째 난 지금 전혁철의 설명이 자신의 잘못이 아님을 못 박기 위해 늘어놓은 변명 정도로만 들렸다.

그렇지 않고서야 굳이 내게 저런 말을 구구절절 늘어놓을 필요가 없잖은가.

아무리 로열 그룹 도련님을 구해줬다 하더라도 전혁철과 나는 남이다. 오늘 처음 봤다. 그럼 적당한 사례를 해주고 떠나면 되는 일이다.

그의 말은 마치 후환을 남겨 놓지 않으려는 것 같았다.

전혁철이 소년을 들고 일어서는데, 소년의 눈이 게슴츠레 떠졌다.

그러자 전혁철 주변으로 정장 사내 넷이 달라붙었다.

만약의 사태에 대비하려는 듯 잔뜩 긴장한 모습이었다.

하지만 소년은 별다른 행동을 하지 않고 그저 고개만 돌려 날 바라보았다. 그리고 말했다.

“나… 백설우…….”

백설우? 그게 소년의 이름인가 보다.

설우는 힘없이 손을 들어 날 가리켰다. 내 이름을 물어보는 건가?

“나는 유지웅이야.”

설우가 고개를 슬며시 끄덕였다.

그때 전혁철이 내게서 등을 돌렸다.

그리고 설우와 다섯 명의 정장 사내는 내 앞에서 멀어져 갔다.

동시에 사방에서 사람들의 환호성이 터졌다.

“진짜 멋있다~!”

“와아! 반하겠어요, 오빠!”

“이거 유튜브에 업로드해도 되죠?”

구경꾼들은 모두 내게 열광했다.

띠링!

—위기에 처한 자폐아 소년을 구해주셨네요~? 소년을 구해주길 간절히 바랐던 사람들의 마음에 대한 보답을 드려야겠죠? 선행을 쌓아 27링크가 주어집니다.

난 자폐아 소년 백설우를 구했고.

"지웅아! 내가 동영상 제대로 찍었다! 너무 급해가지고 디카로 찍지는 못했지만, 그래도 잘 나왔어!"

상덕이를 비롯한 몇몇 구경꾼들이 내 바람대로 선행하는 장면을 촬영했다.

그리고 링크도 받았다.

모든 것이 원하는 대로 됐는데, 마음 한켠에 묵직한 것이 자리하고 앉아 내려가질 않았다.

이상하게 백설우가 신경 쓰였다.

마지막에 날 바라보던 녀석의 눈빛이 그토록 처량할 수가 없었다.

'하지만 내가 오지랖 떨 문제는 아니지.'

애써 생각을 접고서 상덕이와 함께 인파를 뚫고 그곳을 벗어났다.

Chapter 13
유주 누나의 문제

집으로 돌아오니 상덕이가 보낸 메일이 있었다.

자신이 핸드폰으로 찍은 동영상이었다.

'이걸 유튜브에 업로드하고, 그 링크를 다시 데일리 히어로 홈페이지에 태그해 놓으면 끝!'

공지 사항을 제외하면 데일리 히어로의 역사적인 첫 홍보 영상을 올리게 되는 것이다.

동영상 업로드를 위해서 유튜브에 계정을 만들었다.

그리고 업로드를 하려는 순간.

띠링!

—선행을 쌓아 48링크가 주어집니다.

어? 뭐야?

띠링!

—선행을 쌓아 72링크가 주어집니다.

띠링!

—선행을 쌓아 69링크가 주어집니다.

띠링!

—선행을 쌓아…….

갑자기 링크가 무서운 속도로 쌓여 나가기 시작했다.

"이거… 혹시?"

난 동영상을 업로드하려다 말고 유튜브 사이트에 최근 올라온 동영상 중 핫한 클립들을 살펴봤다.

그 와중에도 계속해서 링크는 쌓여갔다.

"찾았다!"

마우스 포인트가 '춘천의 낭만 영웅'이라는 제목의 동영상을 클릭했다.

그러자 좀 전에 내가 활약했던 영상이 흘러나왔다.

도로에서 차에 치일 뻔한 백설우를 구하고, 노래를 불러 진정시켜 주는 모습이었다.

띠링!

—선행을 쌓아 153링크가 주어집니다.

링크는 시간이 갈수록 무서운 속도로 쌓여갔다.

유튜브의 조회 수는 이미 3만을 넘어가고 있었다.

동영상이 업로드된 지 한 시간도 채 지나지 않아 벌어진 일이었다.

"이거… 지금 얼마가 모인 거야? 마인드 탭!"

이름 : 유지웅

소속 : 지구, 대한민국

성별 : 남

나이 : 19

영력 : 11/11

영매 : 9

아티팩트 소켓 3/3
보유 링크 : 1,784

"헉!"

진짜 헉 소리 나는 수치다.

벌써 1,800 가까운 링크가 쌓여 있었다.

"이대로만 간다면… 장난 아니겠어."

그런데 링크의 적립 속도가 서서히 떨어지기 시작했다.

"왜 이러지?"

의아해하는 내 시야에 속속 늘어나는 동영상의 댓글이 들어왔다.

—와, 진짜 개멋짐!

—얼굴 존잘. 노래도 존잘. 마음도 존잘. 하아, 잠 못 자겠네.

—남자가 봐도 멋지네요!

—그런데… 이거 조작 아님?

—무슨 영화 트레일러 같기도 하고.

—딱 봐도 합성이네!

—합성 ㅅㄱ.

—제가 CG일 하는 사람인데, 저거 합성 아닙니다.

—하여튼 씨발, 온라인에선 다 전문가야. 대충 흘려 봐도 합성

티가 나는구만. 저게 말이 되냐?

—헐, 감동받을 뻔.

—근데 어떤 영화 홍보 영상인지 아시는 분 계신가요?

—그냥 관종이 관심 끌고 싶어서 조작한 것 같네요. 시나리오 짜고 찍어 올린 듯.

"하, 그렇군."

동영상이 합성이다, 영화 홍보 영상이다, 조작이다, 짜고 치는 고스톱이다라는 댓글들이 달리기 시작하면서 사람들이 동영상을 보며 아무런 감정도 느끼지 못하는 것이다.

내가 우려했던 것이 바로 이런 거다.

자작극이다!

누군가 박수 받고 싶어서 이런 짓을 하는 거다!

이런 여론이 드세지면 선행을 한 내 이미지가 좋아지기는 커녕 바닥으로 처박힌다.

그렇게 되면 내 동영상을 좋아하는 사람보다 싫어하는 사람이 더 늘어날 테고, 이러한 반응은 다음에 올라오는 동영상에도 연쇄 작용으로 이어진다.

"그러니까 동영상을 찍어 올리려면 스케일이 너무 크면 안 돼. 지금처럼 안 믿는 수가 있으니까."

모든 선행을 다 찍어 올릴 필요는 없다는 걸 뼈저리게 느끼게 되었다.

그런데 문제는…….

“내 얼굴에 모자이크가 안 되어 있잖아.”

유튜브 동영상엔 내 맨얼굴이 그대로 나왔다.

그런데 달리는 댓글은 점점 나를 관심 끌기 위해서 조작질이나 하는 인간으로 치부해 가고 있었다.

이렇게 되면 다음 동영상을 업로드할 때도 문제가 생긴다.

또 조작이다.

인기 끌려고 일부러 저런 동영상만 올리는 망종이니 관심 갖지 말아줘야 한다.

그런 악성 댓글들이 달릴 게 불 보듯 뻔하다.

물론 그에 반비례해서 링크도 적게 들어올 것이고.

“이 동영상은 홈페이지로 끌고 오지 말아야겠다.”

계획 전면 수정이다.

이번 건 없었던 일로 치고, 새로 시작해야 한다.

그리고 이미 내 얼굴이 팔렸으니, 앞으로 내 정체를 알리지 않고서 선행을 할 필요가 있었다.

“이거 가면이라도 써야 하나?”

첫 끗발이 개끗발이라더니, 어쩐지 일이 너무 잘 풀린다고 했다.

“하아~ 그럼 어디서부터 다시 시작해야 하지?”

일단은 홍보할 동영상이 없으니 홈페이지의 목적에 대해

확실히 파악할 수 있는 글이 존재해야 한다.

물론 상덕이가 워낙 잘 만들어 줘서 홈페이지에 접속하는 순간 여기가 어떤 곳인지 열에 아홉은 파악하겠지만, 유저들에 대한 친절은 넘쳐도 상관없다.

난 각각 게시판의 사용 방법과 내가 도움을 줄 수 있는 허용 한도, 아울러 무료로 도와드린다는 것을 한 번 더 강조해서 적었다.

그리고 포털 사이트에 홈페이지를 파워 링크로 등록했다. 거기서 끝내지 않고 상덕이에게 돈은 얼마든지 줄 테니, 유명한 사이트에 배너를 넣을 수 있으면 몇 개 꽂아달라고 부탁했다.

이제 할 만한 건 다 했다.

일이 잘 풀리기를 기다리는 수밖에 없다.

* * *

편의점으로 향하는 길은 늘 그렇듯 카시아스가 동행했다.

녀석이 내 옆을 쫄래쫄래 따라오며 말했다.

[링크는 얼마나 모였냐.]

[마지막으로 본 게 1,800 정도였어.]

[홈페이지에 정신이 팔려서 영혼도 사지 않고 있는 건가?]

[아… 맞다. 이러고 있을 때가 아니지.]

난 마인드 탭을 열어 보유 링크를 확인했다.
'2,347링크!'
그새 많이도 모였다.
댓글들이 안 좋게 달리면서 들어오는 링크의 액수가 확 줄었는데, 그래도 꾸준히 쌓이니 무시 못 할 정도가 되었다.
가랑비에 옷 젖는 줄 모른다고 했던가? 티끌 모아 태산이라 했던가?
"소울 커넥트."
당장 소울 스토어에 접속했다.
라헬이 엄청나게 부담스러운 미소를 짓고서 내 앞에 나타났다.
"어서 오세요, 지웅 님. 오늘따라 더 반갑네요."
"나는 전혀 반갑지 않은데, 어쩌나?"
"아무렴 어때요? 제가 반가우면 됐죠~ 영혼 보여드릴까요?"
"응."
라헬이 손을 튕겼고 내 앞엔 여섯 개의 영혼이 나타났다.
"내 소지 링크로 살 수 있는 아티팩트는?"
"물론 있지요."
어라? 이번에는 순순히 대답하네?
따악!
다시 한 번 손을 튕기자 천으로 만들어진 크로스 백이 나타났다.

디자인은 현대 크로스 백과 완전히 다르지만 형태는 비슷했다.

"자, 아티팩트부터 설명해 드릴까요? 아니면, 새로운 영혼들부터? 아, 저번에 대충대충 설명하고 넘어갔던 영혼들의 열전도 들으셔야겠죠?"

라헬은 양손을 옆으로 적당히 벌리고서 싱긋 미소 지었다.

오른손이 위치한 곳엔 영혼들이, 왼손이 위치한 곳엔 아티팩트가 놓여 있었다.

"아티팩트부터."

"알겠습니다. 아티팩트의 이름은 무한의 가방. 말 그대로 물건을 무한정 넣을 수 있는 가방이죠."

오? 그거 죽이는데?

"단, 이 가방의 입구보다 큰 물건은 넣을 수 없습니다. 레이브란데 님이 신묘(神廟)의 화원에서 발견한 녀석으로 단돈 2,300링크입니다."

2,300링크?

하, 역시 좋은 거라 그런지 좀 센데?

게다가 내가 저 아티팩트를 사려면 아티팩트 소켓 하나를 더 업그레이드해야 한다.

일단은 패스해야겠군.

내가 영혼들에게 시선을 돌리자 라헬이 지체 없이 설명을 이어나갔다.

"일단 기존에 있는 영혼들의 능력부터 복습시켜 드릴게요~ 150링크의 레퓌른, 수 속성 초급 마법. 250링크의 블랑, 굉장한 창술. 500링크의 쟈비아, 굉장한 궁술. 길버트, 굉장한 리더십까지입니다."

수 속성 초급 마법과 창술, 궁술, 리더십이라.

이참에 그냥 저것들 다 사버릴까?

"길버트는 레드 텅 용병단의 단장으로 말투가 거칠고 행동은 단순 무식했지만 사람을 끄는 매력이 있는 사내였지요. 그리고 누구보다 자신의 단원들을 사랑했답니다~ 오죽하면 레드 텅 용병단에 들어오지 않은 사람은 있어도 들어왔다가 다시 나가는 사람은 없다는 말이 있을 정도였으니까요. 하지만 어느 귀족의 더러운 부탁을 받아들이지 않는 바람에, 어느 싸늘한 가을밤, 모두 척살당하고 말았답니다."

그것 참 기구한 인생이다.

"쟈비아는 일 킬로미터 밖에 있는 물건도 활로 쏴서 맞혀버리는 뛰어난 궁사였죠. 그는 레드 텅 용병단의 단원이었답니다~ 예상하셨겠지만, 레드 텅 용병단이 척살당하던 날, 그도 죽음을 맞이했지요."

리조네와 마르펭처럼 같은 시기에 같이 활동하던 사람들의 영혼이었군.

"그럼 새로운 영혼에 대해 설명해 드릴게요. 두 영혼 모두

700링크로 살 수 있고 필요한 영력은 13입니다~ 우선 포포리부터 볼까요? 포포리는 뇌(雷) 속성 중급 마법을 익힌 마법사였답니다~ 어느 귀족가의 호위 마법사로 비교적 괜찮은 삶을 살았지만, 서른 후반의 나이에 병을 얻어 죽고 말았지요."

뇌 속성 중급 마법? 저거 땡기는데?

"마지막 영혼의 이름은 루카스. 능력은 포이즌입니다."

"포이즌? 독을 말하는 거야?"

"네. 루카스는 체내에서 독을 만들어내는 특이한 능력을 지니고 있었답니다~ 그는 세상의 모든 독을 만들 수 있었고 독의 강도와 양을 조절할 수도 있었죠. 하지만 그 능력 때문에 그를 두려워한 귀족들에게 죽임을 당하고 말았지요~"

세상의 모든 독을 만들어낼 수 있는 능력이라니!

…사실 내게 당장 필요한 건 아니지만 괜히 탐이 난다.

이런 걸 있어 보인다고 하는 건가?

"흠… 어떻게 할까."

일단은 영력부터 업그레이드하고 볼 일이다.

난 마인드 탭을 열어 영력을 13까지 업그레이드시켰다.

그에 370의 링크가 소모되었다.

한데 그 사이 123링크가 더 들어와서 현재 남은 링크는 총 2100이었다.

"일단 블랑, 레퀴른, 쟈비아, 길버트의 능력을 사겠어."

"좋은 선택이네요~"

라헬이 영혼 네 개를 슥 밀었다.

영혼들은 허공을 부유해 날아와 내 몸 안으로 스며들었다.

남은 링크는 딱 700.

포포리와 루카스 중 하나의 영혼을 살 수 있다.

뇌 속성 중급 마법과 포이즌이라… 어떤 게 더 좋을까?

…좋아, 결정했어.

"마지막으로 포포리를 사겠어."

"그 역시 아름다운 선택이십니다."

이 자식이 오늘따라 느끼하게 왜 이래?

포포리의 영혼까지 흡수하고 나니 링크가 싹 떨어졌다.

"이제 링크를 다시 모으셔야 하겠네요?"

"근데 라헬. 너 오늘 뭐 기분 좋은 일 있냐?"

"딱히 별일은 없습니다만?"

"그런데 왜 이렇게 협조적이야?"

"글쎄요."

에이, 신경을 끄자.

저 녀석의 정신 상태에 대해 분석하려다가 나만 더 피곤해진다.

난 싱글거리는 라헬의 얼굴을 보며 소울 스토어에서 빠져나왔다.

*　　*　　*

현실로 돌아와 마인드 탭을 열었다.

"마인드 탭."

이름 : 유지웅

소속 : 지구, 대한민국

성별 : 남

나이 : 19

영력 : 13/13

영매 : 14

아티팩트 소켓 3/3

보유 링크 : 0

거기서 다시 영매를 터치.

영매

패시브 소울 : 9

—강인한 육신[소라스]

—뛰어난 청력[파펠]

—완벽한 절대미각[리조네]

—뛰어난 요리 실력[마르펭]

—뛰어난 민첩성, 근력[바레지나트]

—아이언 스킨[지그문트]

—굉장한 창술[블랑]

—굉장한 궁술[쟈비아]

—굉장한 리더십[길버트]

액티브 소울 : 5

—낭아권[무타진/소모 영력 1/재충전 5초]

—화 속성 초급 마법 번(Burn)[마르카스/소모 영력 5초당 1]

—수 속성 초급 마법 아쿠아(Aqua)[레퓌른/소모 영력 5초당 1]

—천상의 목소리[로레인/소모 영력 5초당 1]

—뇌 속성 중급 마법 라이트(Light)[포포리/소모 영력 3초당 1]

크으, 영매의 수가 늘어나니 기분이 참 뿌듯하다.

싱글벙글 웃으면서 편의점으로 들어섰다.

점장님이 날 반갑게 맞아주었다.

"의리의 사나이 지웅이 왔구나! 오늘도 편의점의 안녕을 부탁한다!"

"네, 마음 놓으시고 퇴근하세요!"

*　　*　　*

시간은 빠르게 흘러 열 시가 되었다.

이제 교대할 시간인데 유주 누나가 아직도 출근하지 않았다.

어지간해서는 지각하는 타입이 아닌데, 무슨 일이라도 생긴 건가 싶어 전화를 걸어보려던 그때.

딸랑.

문이 열리며 유주 누나가 들어섰다.

"누나~! 좋은 밤……."

그런데 누나는 내 인사를 받지도 않고 고개를 푹 숙인 채 사무실로 들어갔다.

잠시 후, 유니폼을 걸치고 나온 유주 누나는 계속 고개를 숙이고서 아무런 말이 없었다.

"누나, 왜 그래요?"

내가 물으면 겨우 기어들어가는 목소리로 대답했다.

"아니… 얼른 퇴근해."

이상하다.

편의점 알바를 하면서 단 한 번도 저런 누나의 모습을 본

적이 없었다.

'어……?'

자세히 보니 뺨 한쪽이 손바닥 모양으로 붉게 올라와 있었다.

'누구한테 맞은 거야.'

대체 누가 유주 누나를 때린 거지?

어떤 놈이 이딴 짓을 한 거냐고 물어보고 싶은 맘이 굴뚝같았다.

하지만 그럴 수 없었다.

유주 누나는 내게 말하고 싶지 않은 모양이었다.

"알았어요, 저 퇴근할게요."

"……."

이번에도 돌아오는 대답은 없었다.

그러고 보니 얼마 전 점장님과 나눴던 얘기가 떠올랐다.

'유주한테는 별일이 있는 모양이야.'

"무슨 일이 있길래요?"

"어렵사리 내게 말한 유주의 고민을, 남에게 쉽사리 말하는 건 의리가 아니야! 난 말하지 않겠어! 유주에게 직접 물어봐라. 그것이 사나이가 정면 승부 하는 법! 여인을 대하는 예의!"

"아, 네. 그렇게 할게요. 그런데 그 고민이라는 게 많이 무거운 건가요?"

"아무래도 그렇겠지! 남녀 관계라는 건 늘 어려운 문제이며, 인륜지대사이니!"

"남녀 관계? 누가 유주 누나한테 고백이라도 했대요? 아니면 유주 누나가 누굴 좋아한대요?"

"어, 어험! 나, 난 모르는 일이야! 아무 말도 안 했어! …유주에게 말하지 않을 거라고 믿는다! 내 입은 진실을 단속하는 데 너무 취약하다! 하지만 너는 나와의 의리를 지켜줘야 돼!"

분명 남녀 관계라고 했었어.

그렇다면 더더욱 내가 끼어들 수 없는 문제잖아.

아니… 아니지.

그건 그거고 지금 유주 누나는 누구한테 맞은 거란 말이야?

설마 유주 누나와 썸을 타고 있는 건지, 아니면 유주 누나 혼자 마음을 줘서 고생하는 건지 모를 그 상대방이 유주 누나를 때린 건 아니겠지?

아… 모르겠다.

그냥 속 시원하게 얘기해 주면 좋을 텐데.

"고생해요, 누나."

결국 이러지도 저러지도 못한 난 편의점을 나왔다… 가 다시 들어갔다.

그리고 메모지에 내 홈페이지 주소를 적어서 유주 누나에게 건네줬다.

"이거… 뭐야?"

유주 누나가 여전히 고개를 숙인 채 물었다.

"뭐… 저도 우연히 들어간 곳인데, 아무런 조건 없이 도움이 필요한 사람들을 도와주는 사이트래요. 누나도 한번 들어가 보세요."

"……."

"그럼 진짜로 갈게요."

다시 편의점을 나서니 밖에서 기다리고 있던 카시아스가 내 어깨 위로 폴짝 올라탔다.

"어지간하면 네 발로 걷지?"

"유주가 네 홈페이지에 들어올까?"

"모르지."

"그보다 확실히 마음 정해라."

"뭘?"

"유주인지, 아랑이인지."

"……."

"정곡을 찔렸군."

정곡을 찔린 게 아니라 갑자기 그런 거 물어보면 누구라도 당황하게 마련이지 이 똥고양아.

…아닌가?

나 진짜 두 사람한테 다 마음이 있는 게 맞는 건가?

하여튼 카시아스 저거 사람 심란하게 만드는 데는 일등이라니까.

"쩝, 유주 누나, 별일 아니었으면 좋겠는데."

"말 돌리기냐?"

"집에 가서 너비아니 구워주면 입 다물래?"

"그러도록 하지."

단순한 건지, 약아빠진 건지.

Chapter 14
카시아스의 정체

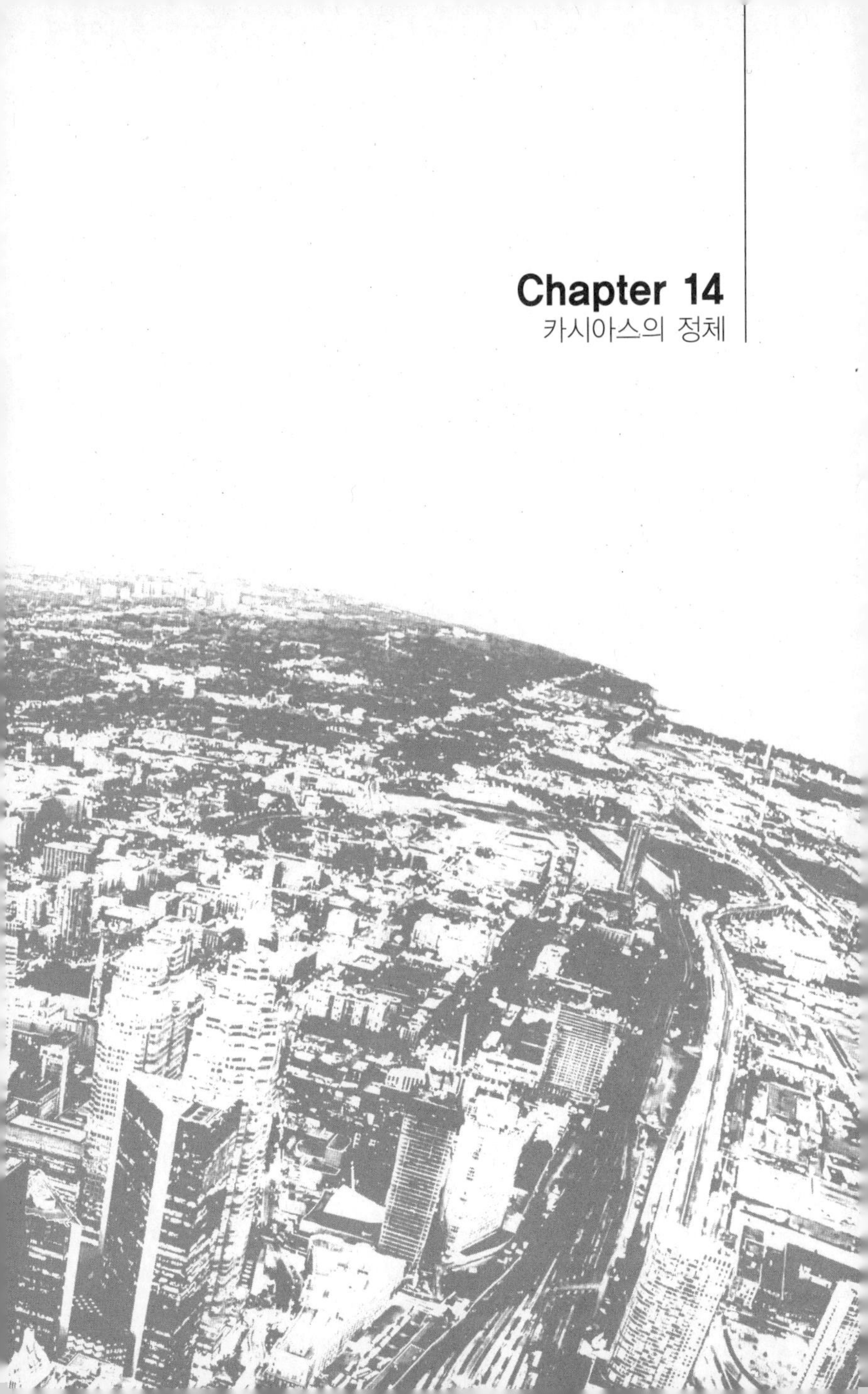

집으로 향하던 발걸음을 돌려 구름다리 밑으로 향했다.

카시아스는 시종일관 조용히 있다가 구름다리 밑에 도착하고 나서야 내게 물었다.

"여긴 왜 왔냐."

"새로 얻은 능력들 시험 좀 해보려고."

길버트의 리더십과 쟈비아의 궁술은 당장 시험해 볼 방법이 없었다.

리더십이야 뭐 내가 끌고 갈 만한 사람이 있거나, 사람을 통솔해야 할 상황에 처해야 나타나는 것이고, 궁술은 활이 있어야 시험해 볼 수 있는 것이니까.

"우선은 블랑의 창술부터."

난 바닥을 슥 훑었다.

저 앞에 부러진 나뭇가지 하나가 보였다.

제법 굵고 튼튼한 것이 창 대신 몇 번 휘둘러 보기엔 괜찮았다.

나뭇가지를 주워 들고… 멍청히 서 있었다.

뭘 어떻게 해야 하는 건지 알 수가 없었다.

그러자 카시아스가 한마디 했다.

"그냥 몸이 가는 대로 움직여. 블랑의 기술은 네 몸에 각인된 것이다. 그러니 백번 머리로 생각해 봐야 답이 나오질 않아."

"알았어."

카시아스가 시키는 대로 무작정 창을 휘두르며 움직였다.

그런데.

"어?"

내 몸이 마치 전부터 창술을 익힌 사람처럼 유연하게 움직였다. 손은 창을 자유자재로 다루며 현란한 곡선을 그렸고, 발은 그에 맞춰 리드미컬하게 스텝을 밟았다.

"감 잡았어."

이후부터 난 모든 것을 몸에 맡긴 채 화려한 창술을 펼쳐 보였다.

내 손에 들린 나뭇가지는 단 한 번의 막힘도 없이 움직였다.

횡으로 바람을 갈랐다가 풍차처럼 빠르게 돌며 몸의 전 방위를 오가는가 하면, 강렬히 내려치는 공격으로 이어졌다가 순식간에 가상의 상대방의 급소 아홉 곳을 찌르기도 했다.

그야말로 중국 무협 영화 속 무술 고수가 따로 없었다.

"이거 죽이는데?"

카시아스는 감탄하는 내게 말했다.

"이미 네가 산 바레지나트의 능력이 창술을 더욱 강력하게 만들어 주는 것이다."

그렇겠지.

바레지나트의 능력은 뛰어난 민첩성과 근력이니까.

그럼 다음으로 시험해 볼 건 수 속성 초급 마법이다.

난 구름다리를 가로지르며 흐르는 작은 냇물을 보며 시전어를 내뱉었다.

"아쿠아."

순간 내 정신이 흐르는 물의 일부를 조종하게 되었다.

난 한 손을 앞으로 뻗어 위로 들어올렸다.

그러자 냇물에서 수박만 한 물 덩이가 허공으로 두둥실 떠올랐다.

그것은 내 정신이 원하는 대로 빠르게 비행하며 하늘을 빙빙 돌았다.

"하하! 이것도 좋은데?"

한참 동안 거대한 물방울을 가지고 놀던 난, 그것을 돌바닥에다 빠르게 쏘아 보냈다.

쐐애애액! 퍽!

힘껏 부딪친 물방울은 마치 폭탄처럼 터져 나갔다.

한데 그 위력이 얼마나 센지, 물방울이 떨어진 주변의 크고 작은 돌멩이들이 사방으로 비산했다.

"이거 제대로 맞으면 무사하진 못하겠네."

아쿠아 마법은 의외로 여러 방면에서 쓸 만할 듯했다.

이제 마지막으로 시험해 볼 건 라이트였다.

여태껏 초급 마법만 사용해 본 터라 중급 마법은 어떻게 다른지 궁금했다.

"아, 근데 카시아스."

"뭐냐."

"라이트도 기본적으로 전기가 있어야 사용할 수 있는 거 아냐?"

"아니, 중급 마법부터는 원소를 스스로 만들어낸다."

"그런 게 가능해?"

"네가 뇌전을 일으키고 싶은 장소와 규모를 생각하고서 시전어를 말해봐."

"규모? 그게 좀 애매하네."

"말 그대로 얼마나 큰 뇌전을 만들어내고 싶은지 생각하면 돼."

"집채만 한 뇌전도 만들어지나?"

"중급 단계에서 만들어낼 수 있는 최대의 규모는 네가 방금 말한 것의 삼분의 일 정도다. 집채만 한 뇌전을 만들어내고 싶어 해도 그만한 뇌전이 형성되지는 않아."

"좋아, 그럼 최대한으로 끌어내 보겠어. 라이트!"

힘차게 시전어를 외쳤다.

순간.

파지직! 지직!

황소만 한 크기의 뇌전 덩어리가 내 앞에 나타났다.

뇌전에서 발하는 빛이 어둠을 몰아내며 사위를 밝혔다.

"윽. 이건 누가 보기라도 하면 놀라겠는데?"

빨리 없애 버려야겠다.

난 뇌전을 다시 사라지게 만들었다.

내 의지가 전해지자 뇌전은 언제 나타났냐는 듯 흔적도 없이 사그라들었다.

그런데 아무래도 한발 늦어버린 모양이다.

"바, 방금 그거 봤어?"

"봤어, 자기야!"

"유, 유에프오 아냐?"

"도깨비불 같은 거 아니었어?"

"으아아악!"

"자, 자기야! 같이 가! 꺄아아악!"

허어.

"데이트하던 커플을 놀라게 하다니, 참 아름다운 인성을 가졌구나."
"마음대로 얘기해라."
바닥에서 한껏 기지개를 켠 카시아스가 내 어깨 위로 올라탔다.
"이제 집에 가자."
"…너비아니 먹고 싶어서 서두르는 거지?"
"알면 빨리 걸어라."

*　　*　　*

카시아스와 한적한 밤거리를 걸었다.
이제 본격적인 겨울이 시작되어 찬바람이 쌩쌩 불어왔다.
하지만 난 크게 추위를 느끼지 못했다.
이것도 다 내가 사들인 영혼들 덕분인가 보다.
점점 보통의 인간과는 거리가 먼 존재가 되어가고 있었다.
그리고 그럴수록 내 생활은 윤택해져 간다.
모든 것은 카시아스를 만났기 때문에 일어난 변화다.
"카시아스."
"말해라."
카시아스는 내 어깨에 엎드려 귀찮다는 듯 말했다.
"이제 슬슬 말해줘도 되지 않아?"
"뭘 말이냐."

"네가 지구에 온 이유. 그리고 날 선택한 이유."
"그걸 말해야 할 때는 내가 정한다."
"그럼 둘 다 말해달라고는 안 할게. 둘 중에 하나만이라도 얘기해줘."
"싫다."
"치사하게 나올 거야? 아, 좋아. 그럼 한 발 물러나서 다른 걸 물어볼게."
나한테는 그 두 가지 말고도 궁금한 게 있었다.
그건 바로 이 레이브란데의 인과율!
"네가 나한테 건 마법 말이야. 한계가 어디까지야? 앞으로 얼마나 많은 영혼들을 더 살 수 있는 거야?"
"네가 지금 사들인 영혼의 수가 열넷이었나?"
"응."
"그럼 딱 서른여섯이 남았군."
"서른여섯……? 이거 오십 개의 영혼을 사면 끝나는 거야?"
카시아스가 고개를 끄덕였다.
"그래, 끝난다. 레이브란데의 인과율도. 그리고 너와 나의 관계도."
카시아스와… 내 관계가 끝난다고?
그 말인즉.
"레이브란데의 인과율이 끝나는 순간 넌 네가 원했던 목적을 이루게 되는 거구나."

"…맞아."

대답을 하는 카시아스의 음성이 무거웠다.

대체 녀석이 원하는 게 무엇일까.

그리고 카시아스는 어떤 사람일까.

'그러고 보니 여태껏 카시아스 개인에 대한 질문을 해본 적이 없었잖아.'

어쩐지 내가 카시아스한테 너무 무심했다는 생각이 들었다.

"카시아스, 넌 데브게니안 대륙에서 어떤 사람이었어?"

"마법사였다."

"아니, 그런 거 말고."

"무얼 알고 싶은 건지 확실히 말해라."

"흠… 가족이 어떻게 돼?"

"없다. 나 혼자야."

"어? …어, 미안."

"묻고 싶은 건 그게 단가?"

어라. 이 녀석, 뉘앙스가 내 물음에 되도록 대답해 주려는 것 같은 그런 느낌을 풀풀 풍긴다.

이때를 놓치면 안 되지!

"몇 살이었어?"

"일흔."

"엑! 완전 할아버지였네."

"나이는 내게 별로 상관없었다. 마법의 극의(極意)에 오르는 순간 육신은 젊음을 되찾아 20대 초반으로 되돌아갔으니까."

"우와, 그거 대단하네."

극의라.

깨달음의 끝에 다다른다는 뜻인데, 그렇다면 카시아스는 마법의 끝을 봤다는 거다.

나도 링크를 열심히 벌어 마법의 힘을 업그레이드시키다 보면 극의에 다다를 수 있을까?

"거기서 카시아스의 삶은 어땠어?"

그 질문에 카시아스는 한동안 대답이 없었다.

그러다가 한숨처럼 한마디를 내뱉었다.

"아팠다."

"아팠다고? 왜?"

"보고 싶은 사람을 다시 볼 수 없었기 때문이지."

"연인? 가족?"

"거기까지 대답할 의무는 없어."

"의외로 낭만파네. 전혀 안 어울려."

"그런가……."

내 놀림에 어쩐 일로 카시아스가 순순히 수긍했다.

그 이후로 우리는 오가는 말이 없이 걸었다.

그러다 집에 거의 다다랐을 때, 어깨에서 훌쩍 뛰어내린 카시아스가 돌연 이렇게 말했다.

"아무래도 너한테 한 가지 확실해 해놓고 싶은 게 있어."

"응? 뭔데?"

카시아스는 골목길을 우아하게 걸어 가로등 아래에 섰다.

그리고 몸을 돌려 날 바라보았다.

"넌 아주 큰 오해를 하고 있다."

"오해라니?"

"사람을 겉모습과 말투로만 판단해서는 안 된다는 말이다."

"갑자기 무슨 뚱딴지같은 소리야?"

"보여주마. 두 눈 똑똑히 뜨고 봐라."

순간 카시아스의 몸에서 환한 빛이 일었다.

그 빛은 갑자기 위로 솟구쳐 올라 사람의 형태를 갖추었다.

어느덧 검은 고양이 카시아스는 사라지고, 내 앞엔…….

"…맙소사."

말문이 턱 막히게 만드는 사람이 서 있었다.

『데일리 히어로』 4권에 계속…